著作权合同登记号：陕版出图字25-2023-305

Once Upon Our Planet © 2021 Lucky Cat Publishing Ltd
Text © 2021 Vita Murrow
Illustrations © 2021 Aitch
First Published in 2021 by Magic Cat Publishing,
an imprint of Lucky Cat Publishing Ltd, Unit 2 Empress Works, 24 Grove Passage, London E2 9FQ, UK

图书在版编目（CIP）数据

曾经，在我们的星球上：关于远古地球的12个传说 / 英国魔力猫团队著；（罗）诺玛迪克·艾奇绘；邓嘉宛译. -- 西安：陕西人民教育出版社，2024.3
书名原文：ONCE UPON OUR PLANET
ISBN 978-7-5450-9752-8

Ⅰ.①曾⋯ Ⅱ.①英⋯ ②诺⋯ ③邓⋯ Ⅲ.①儿童故事－作品集－英国－现代 Ⅳ.①I561.85

中国国家版本馆CIP数据核字(2024)第022747号

曾经，在我们的星球上 关于远古地球的12个传说
CENGJING ZAI WOMEN DE XINGQIU SHANG GUANYU YUANGU DIQIU DE 12 GE CHUANSHUO
英国魔力猫团队 著　[罗]诺玛迪克·艾奇 绘　邓嘉宛 译

图书策划 孙肇志　　　　**责任编辑** 黄雅玲
封面设计 卢　晓　　　　**特约编辑** 高思嘉
美术编辑 卢　晓　任君雅
出版发行 陕西人民教育出版社
地址 西安市丈八五路58号（邮编710077）
印刷 鹤山雅图仕印刷有限公司
开本 889 mm×1 194 mm 1/16　**印张** 5.5
字数 49.9 千字
版印次 2024年3月第1版　2024年3月第1次印刷
书号 ISBN 978-7-5450-9752-8
定价 88.00 元

出品策划 荣信教育文化产业发展股份有限公司
网址 www.lelequ.com　**电话** 400-848-8788
儿屿品牌归荣信教育文化产业发展股份有限公司独家拥有
版权所有　翻印必究

曾经，在我们的星球上

关于远古地球的 12 个传说

英国魔力猫团队 著
[罗]诺玛迪克·艾奇 绘　邓嘉宛 译

陕西新华出版
陕西人民教育出版社
·西安·

目录

从前，有两个太阳
2

从前，有一片稀树草原
42

从前，有一阵北风
8

从前，有一座岛屿
48

从前，有一个盐湖
15

从前，有一座暗礁
54

从前，有一座山
21

从前，有一条云杉针叶路
60

从前，有一片森林
26

从前，有一片冻原
66

从前，有一个乐园
34

从前，有一处河岸
73

从前，有两个太阳

从前，在三大洋中间一片有巨大的陨石坑的广阔土地上，生长着一片森林。在森林上方，悬挂着两个太阳，它们猛烈无情的光芒照射在这片大地上，炙烤着森林里所有的生物。

森林里有一个由六位演员组成的小剧团。那位露齿而笑的是鳄鱼；头发蓬松的是红毛猩猩；永远戴着一条醒目的条纹项链的是麝猫；有着令人一见难忘的侧脸的是长鼻猴；那位经常在阳光下打盹儿，胸前呈现出一圈橙色斑纹的，当然就是太阳熊了；第六位，也是最后一位，是个头儿虽小但十分灵巧的"猎人"——一向狡猾的豹猫。

这六位组成了"森林剧院"的演员阵容，巨大的陨石坑是他们的舞台。每天，他们都聚在一起即兴创作、排练以及表演。他们的演出包括：太阳熊展示力量强大的特技，红毛猩猩在树上跳舞，长鼻猴机智的喜剧演出，以及麝猫和豹猫的追逐与战斗。不过，最精彩的当数"鳄鱼华尔兹"，那是一支令人心醉神迷的独舞。

鳄鱼的精彩表演，喜剧和悲剧各占一半。他先以神秘的摇摆动作迷惑观众，接着再张开巨大的下颚用利齿吓唬他们！不过，就在观众被吓得倒吸一口凉气的时候，鳄鱼又会突然温暖地咧嘴一笑，傻乎乎地大摇大摆让他们解除戒备。这项表演每次都能获得满堂喝彩，在场所有人都看得很开心。

所有人，除了鳄鱼自己。

让鳄鱼感到疲惫的，并不是明星的光环，而是两个太阳的灼热。在舞台上多待一刻，就意味着皮肤远离清凉的河水更久一刻。渐渐地，鳄鱼坚硬的皮肤起了水泡，脱了皮，他的眼睛也变得干涩刺痛。在鳄鱼和"暴君"太阳之间戏剧性的较量中，那两个太阳从来不落下风。

有一天，演员们来到"森林剧院"，发现少了一个成员，他们的主角鳄鱼没来。

哎呀，跑哪儿去了？鳄鱼跑哪儿去了？

众人急急忙忙跑到河边大声呼唤，他们在浑浊的河水中寻找鳄鱼的身影，但是一无所获。

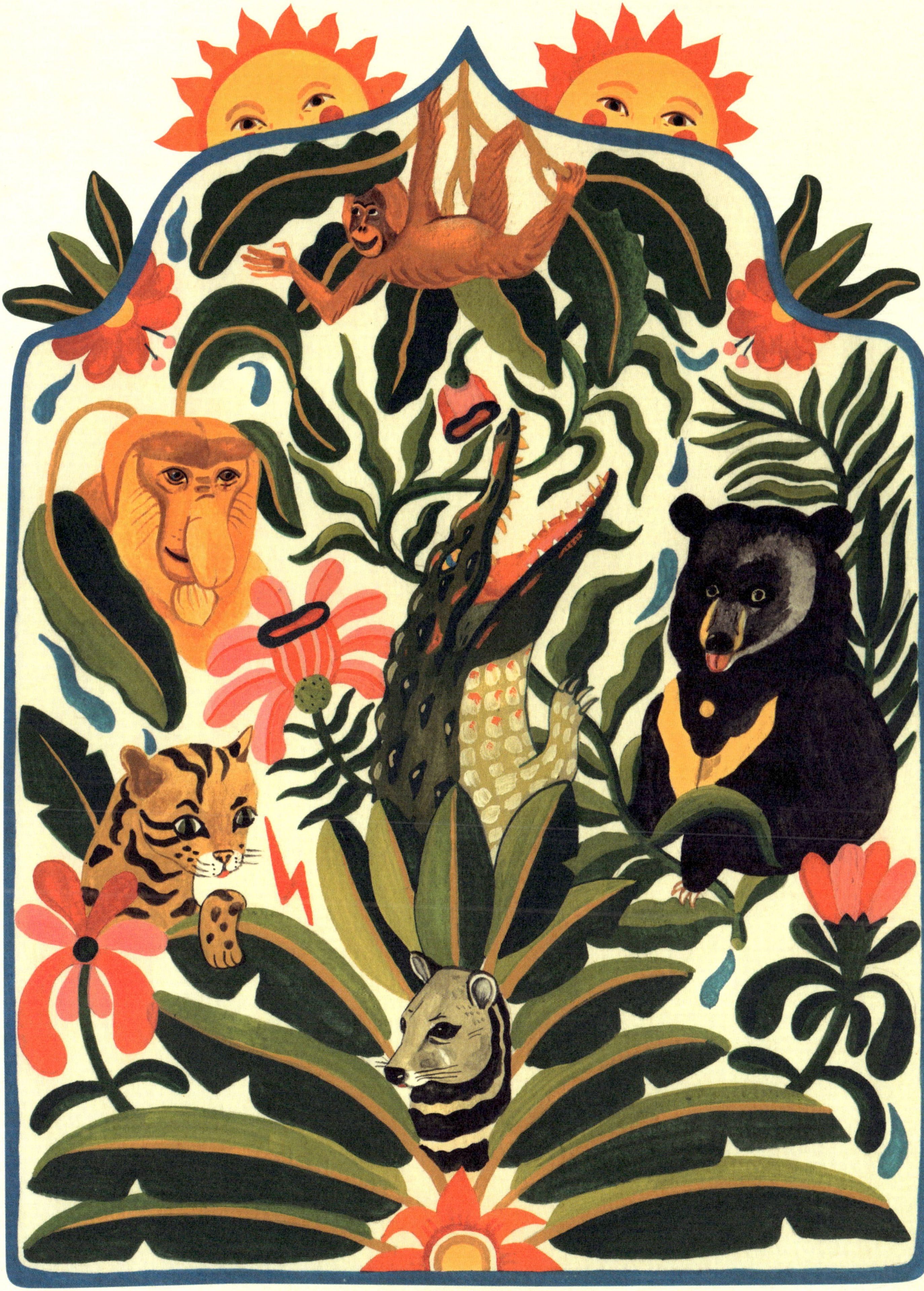

太阳熊在森林的地面上搜寻鳄鱼的踪迹，麝猫把鳄鱼失踪的讯息带到陨石坑中各个安静的角落，长鼻猴和红毛猩猩爬到树冠高处呼唤鳄鱼，豹猫向穿梭在森林中的老鼠和蛇传递消息，太阳熊用洪亮的声音询问遇到的每一只动物："你见过从剧院出来的那只鳄鱼吗？"

到处都找不到鳄鱼的踪影，大家只好回到河边，低头盯着河岸。在那里的沙地上，他们发现了新的爪印，从形状来看那分明就是鳄鱼留下的。大家的内心重新燃起了希望！他们沿着河边的印迹一直走到一处泥潭前，找到了鳄鱼——他正把自己埋在泥里，默默地哭泣着。

"最亲爱的鳄鱼，"动物们恳求道，"我们需要你！"

"表演必须要在没有我的情况下继续了。"鳄鱼呻吟着说，"两个太阳剥夺了我摇摆的能力，我热得跳不动华尔兹，我痛得无法昂首阔步。"

动物们长叹一口气。鳄鱼身上没有毛发，没有深色的眼皮遮盖眼睛，也没有任何东西可以保护他免于遭受两个太阳的炙烤。

鳄鱼声音嘶哑地说："我很疲惫，我的头很疼，眼睛也很酸痛。"说完他就溜进泥潭底下去了，留下五位演员坐在河岸边，不知所措。

"我们该怎么办？"太阳熊问。

"嗯，会跳华尔兹的鳄鱼只有一只。"麝猫若有所思地说。

"可是太阳有两个。"豹猫叹息道。

"没错。"长鼻猴沉思着说。

"我们不妨想想看……"红毛猩猩说，"如果只有一个太阳呢？这对可怜的鳄鱼肯定会有帮助的。"

动物们都看向红毛猩猩。

"麝猫和豹猫，你们总是打打闹闹。"红毛猩猩说，"如果我们……和两个太阳展开一场真正的战斗呢？"

麝猫和豹猫立刻异口同声地回应道："这个想法太棒了！"

"可是我们怎么才能接触到它们啊？"长鼻猴问。

红毛猩猩爬上附近一棵很高的树，一脸沉思地望向那两个太阳。他坐在一条藤蔓上，就像坐在游乐场的秋千上,毛茸茸的双腿向后一蹬,接着,像即兴表演般,"嗖"的一声,他便从藤蔓上弹射了出去,跃入空中。

"我们可以用摇摆的藤蔓,"红毛猩猩宣布道,"向太阳发射一个东西。"

太阳熊和长鼻猴在河边找了一块大石头,并把它滚进森林里。红毛猩猩把最结实、最有弹性的藤蔓拉下来,大家一起合作,把藤条编成一条长绳子,中间段编成一个网托,又合力把大石头放了上去。

豹猫和麝猫紧紧抓住藤蔓,红毛猩猩和太阳熊把装着石头的网托用尽全力拉到离树最远的地方——这就形成了一把巨大的弹弓,比以往任何神话或传说里出现过的都要大。就这样,他们完成了伏击的一切准备。

长鼻猴爬到树上大喊:"喂,金色的太阳!快过来照照森林里的东西!这些树叶太密了,我需要多一点儿的光线!"他打着手势,把太阳引到埋伏着弹弓的地方。

两个太阳横爬过天空,朝着河边沉落。一路上,它们的颜色从金黄逐渐变成深橘,等它们沉到最低处的时候,已经变成了害

羞的粉红色。这时，两个太阳把注意力都集中到了长鼻猴身上，其他演员趁机松开弹弓，大石头顺势笔直地向着太阳飞了过去，整块石头看起来像羽毛一样轻。全体演员满怀期待地观察着，毕竟他们只有这一次机会。

这次计划能成功吗？会永远地改变天空的状况吗？

接下来发生的事出乎所有人的意料。就在大石头即将撞上太阳的瞬间，其中一个太阳闪身挡在了另一个太阳前面，大石头"砰"的一声击中了它，动物们周围的空气立刻冷却下来。陨石坑上方的天空出现了一团视觉冲击很强的色彩：边缘是灰蓝色，中心是深红色。动物们急忙朝太阳颤动的余晖奔去。

那个没被大石头击中的太阳在他们眼皮底下溜走了，它在消失前散发出一片粉红色与紫色交织的光。接着，他们周围的世界变黑暗、变凉爽了。

这群演员满怀敬畏地坐在河岸上，被他们眼前的一切迷住了，直到鳄鱼从泥泞的"避难所"里出来的声音打破了这迷住他们的魔咒。

"看啊！"动物们欢呼，"我们赶走了太阳，它们再也不能折磨你了！"

"你们看那里！"鳄鱼指着崭新的黑暗天空。大家抬起头，看到两个太阳中受伤的那个，它不再刺眼，而是变成了凉爽的粉白色。它身上有大石头撞击后留下的轻微擦伤，但除此之外一切完好。

从那时起，曾经的双胞胎太阳便有了各自的名字和领域，不会再同时占领天空。双胞胎中的一个仍然叫作太阳，并继续散发着明亮的金黄色光芒；另一个改叫月亮，它蕴含着深蓝的色调，是送来凉爽气息与宁静惬意的使者。

演员们也从双胞胎太阳身上获得了启示。前面五位在金黄色太阳的照耀下用自己的表演活跃舞台。最后出场的鳄鱼，在月亮升起的时候开始他的表演，镇定自若地展示着他的舞姿，施展着他的魅力……直到夜色变得浓重，这场演出才迎来"剧终"。

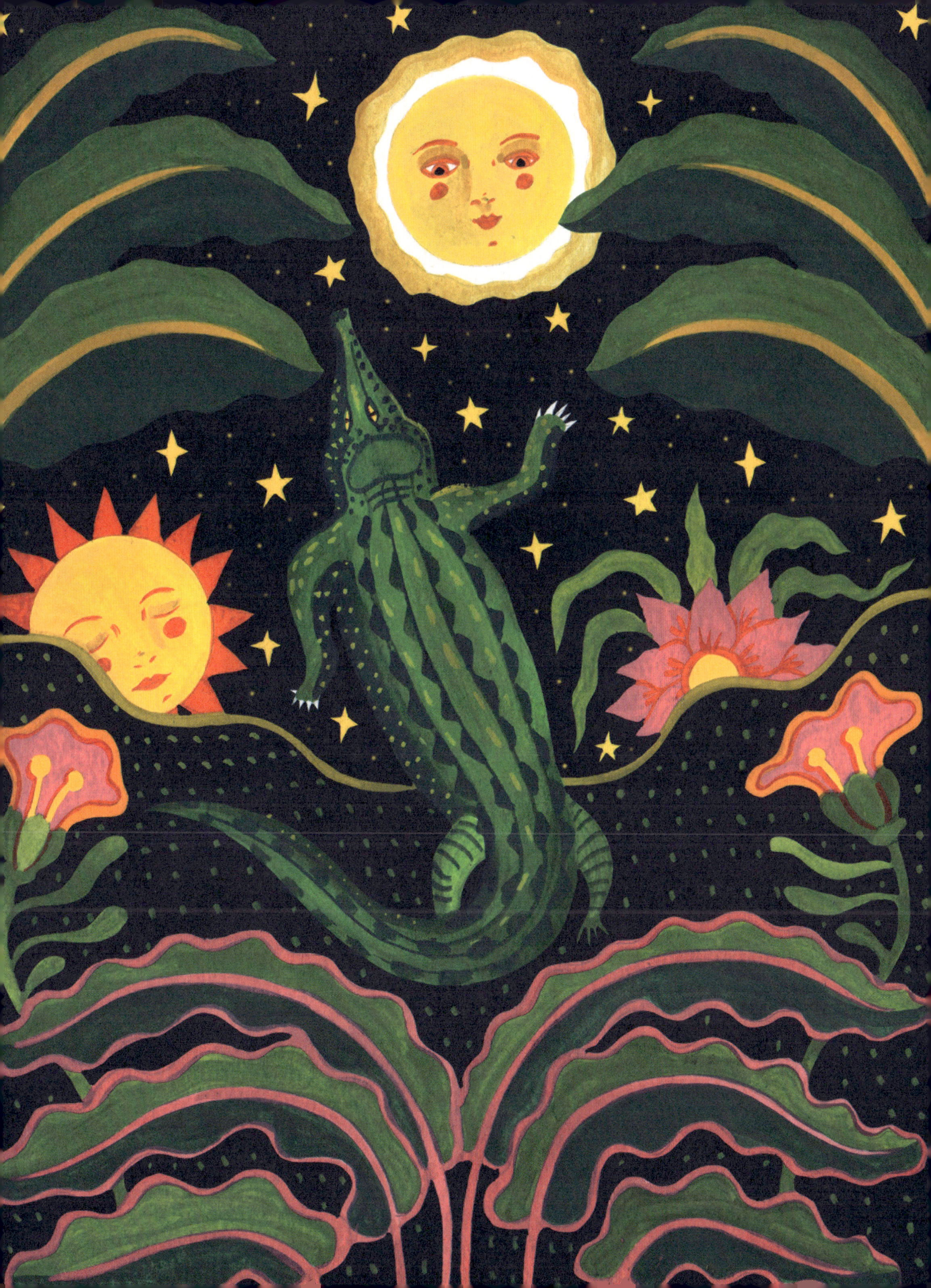

从前，有一阵北风

闭上你的眼睛，深深地吸入一口空气。想象空气像一杯冷饮一样灌进你的身体，然后被呼出来时又变成一片片新生的雪花。这就是海瑞亚的空气。海瑞亚在距离我们很远很远的天空之上，如果要去那里，就必须穿过云层，到达一个太阳和月亮以独特的周期运转，一年只升起和落下一次的地方。那里的水流动缓慢，甚至结成了冰；那是一片由狮鹫①守卫的土地，也是"风行者"波的家园。

波在海瑞亚出生并长大。随着太阳和月亮一年一度的往复，波掌握了一样样的新事物。波学会了钓鱼和采摘水果，学会了伐木和建造房子，还学会了攀岩和滑冰，就像你我一样。不过，波和她的家人有一点和我们不同，那就是他们都像树木一样巨大，他们的脚像巨大的石头，脚步声像打雷一样。海瑞亚是一个巨人的国度，波也是个巨人。

---

①狮鹫（Griffin）：一种流行于西亚到地中海一带的传说中的生物，也称"格里芬""鹰头狮""狮身鹰""狮鸟"等。它拥有狮子的身体及鹰的头和翅膀。因为狮子和鹰分别称雄于陆地和天空，所以狮鹫被视为强大、尊贵的象征。

身为巨人,波可以做出许多令人惊叹的事情。她可以跑得很快,跳得很高。她可以用雪建造城堡,在头发里种植植物。最重要的是,就像海瑞亚所有的巨人一样,波可以带给人们一个秘密礼物——冬天。

多年来,海瑞亚的巨人们一直受到委托,把冬天带到"南方大陆"上。当他们年满十五岁时,他们会依次获得一张"长老地图",担任风行者。

这张地图指引年轻的巨人穿过他们的王国,前往"冬冰之海"——那个南方大陆的边界。风行者会在那里大口吹气,给远方的大地送去冬天。这是一项受人尊敬的重要工作。

像之前的族人一样,冬天就像冬眠的熊一样藏在波体内,直到她十五岁生日。当这一天到来,波在黎明时吃了早餐,穿过森林,伸展一下她两条巨大的腿,又在冰上享受了一顿美味的枫糖。回到家时,波在家门口发现了长老地图。那是一幅卷轴,用冰柱钉在门廊上。

卷轴展开,显示出一幅巨大的地图。海瑞亚是一片白色的、闪耀的、被环绕的土地。它的一边是高大的山脉,另一边是汹涌的河流。它的下方是完全被冰冻住的冬冰之海——一个冬天永远驻足之地。在海下方,就是南方大陆。地图上有一条用红点标出的路线,那是波身为风行者必须要走的路。就像在她之前的几代巨人一样,波要长途跋涉

到南方大陆的边缘，并吹出冬之气息。这非常重要——冬天能让万物重新归位，聚在一起取暖，并预备好迎接灿烂春天的到来。

波沿着地图上的路线出发了。她来到了标志着海瑞亚边界的高墙前。两扇雄伟的大门打开，波从里面走了出来。她顺着河流向南走，背后是群山的影子。她回头看了一眼，向守卫海瑞亚的狮鹫们点了点头，然后他们就消失在她的视线中了。

长老地图很精确，上面有波需要的一切。她一路上收集着食物。当她想休息的时候，她就躲在白桦树形成的树荫下。在短暂的休息之后，她有力的双腿支撑着她向前行进。海瑞亚被远远抛在身后，波越来越渴望看到前方的浮冰和冰川。

然而，当波到达冬冰之海的边缘时，眼前所见却不是地图所记载的模样。波以为会有巨大的冰川围绕着冰冻的海洋。地图上的红点标明，她只要滑过冰冻的海面就行了。但是，现在的海面根本没有完全冻住，海水白白稠稠得像牛奶一样。冰川旁边是一片片绿色和棕色的泥浆，上面还长着小草。

波的心怦怦直跳。她的一生都在为这项任务做准备：滑行过冬冰之海，让冬天的气息填满她的肺，然后把这气息吹送到另一边的南方大陆去。但是，冬冰之海变暖了，这里的空气似乎更接近春天，而不是冬天了。

尽管如此，波还是担下了这份职责。她挺直身子，一只巨大的脚踏上冰面滑出去。她期望像一只温柔的天鹅一样，优雅地从冰上滑过，没想到，却听到脚下传来噼啪作响的爆裂声，她的心沉了下去。随着她的移动，庞大的身躯导致她脚下的冰面以不可思议的角度裂开，但是她不能回头。南方大陆需要她把冬天送去。

波知道她需要快速奔跑起来。她鼓起勇气全速冲刺。每跑一步，冰面就在她脚下发出刺耳的抗议声。波拼命向前冲，及时赶到了对岸，与此同时她听见身后冰层崩裂成一片一片的声音。

波站在南方大陆的悬崖边，眼前呈现出一片秋天的景色。她已经准备好完成自己的使命了——吹出冬之气息，维持大自然的平衡。她用尽全力深吸一口气，但是当她把气呼出来时，却什么动静也没有。波再次尝试召唤出那股清凉的寒气，一阵凉爽的薄雾冒了出来，却远非她所期望的寒风。狂奔过冬冰之海的波，实在已经喘不过气来了。

波担心自己的任务失败了，于是她决定返回海瑞亚——回到自己来的地方。冬冰之海那片曾经冰冻的水域，现在已经是成片的浮冰碎片和大面积开阔的水域。波知道事情有些不对劲，她需要返回海瑞亚寻求帮助。

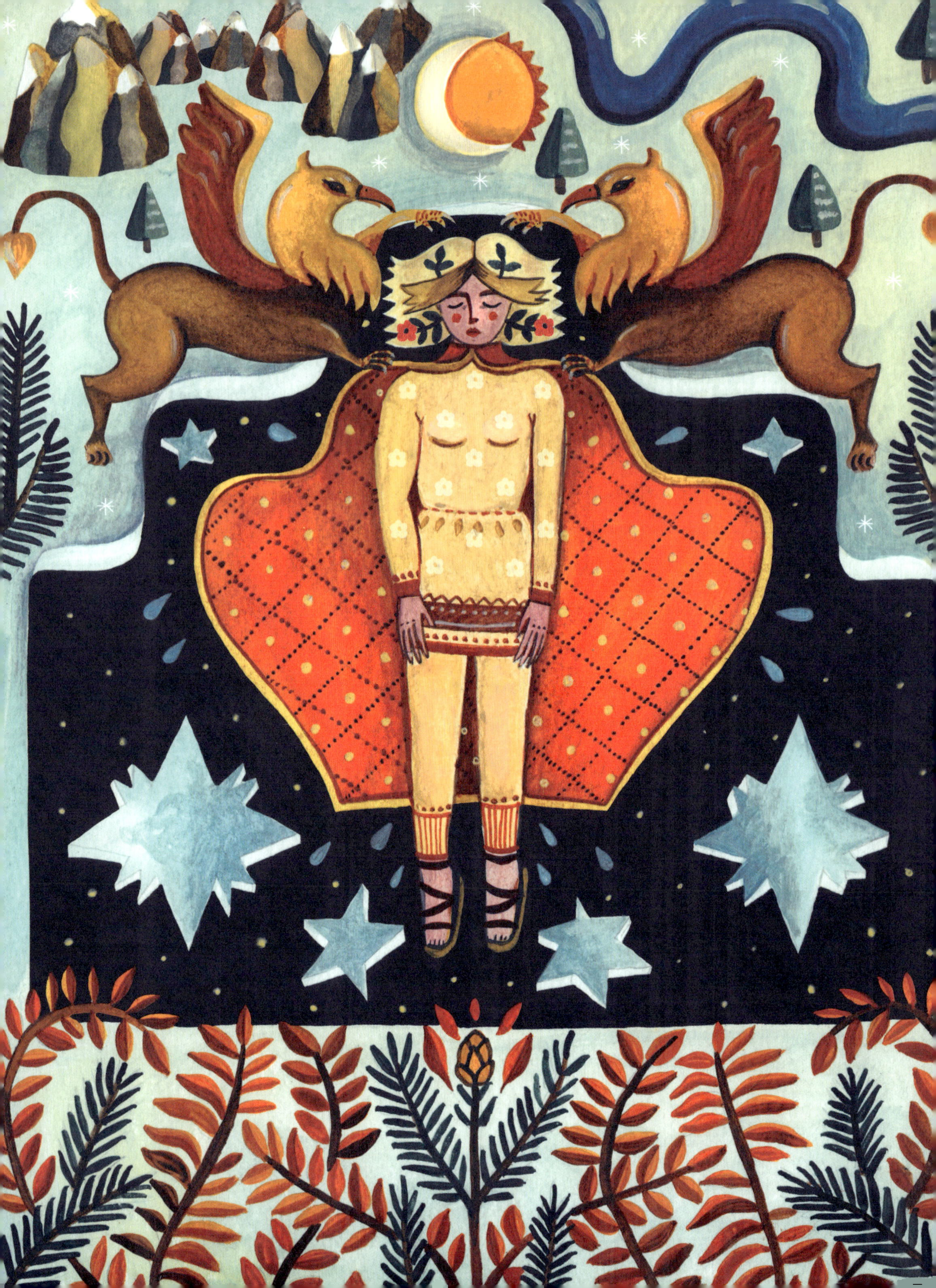

波试图在两块浮冰上保持平衡,但是这两块冰面很快就塌了,她掉进了冰冷的水中。她巨大的身体跌落的力量,掀起了远比她本人还要巨大的海浪。巨浪一浪迭一浪,横过大海,袭向海岸,最终狠狠地拍在岸上。

冰冷的巨浪拍上岸时,将无数水晶般的碎冰喷向高空。那些冰晶飞得如此之高,连遥远的海瑞亚守护者狮鹫都看见它们飞向整个天空。狮鹫们大吃一惊,张开翅膀,飞跃上天。他们编队飞行,飞过波长途跋涉的路线,飞到冬冰之海,而那时,掉进水里的波已经开始沉落。

狮鹫们将波抬出水面,再送上空中,终于把她安全地送回了海瑞亚。当狮鹫们和波出现在众人的视线里时,海瑞亚的巨人们都聚了过来,他们想知道风行者到底发生了什么事。他们用温暖的毛毯和苔藓把波包裹起来,将她安置在火边。波一边取暖,一边讲述着冬冰之海令人费解的情况,以及她为什么会喘不上气,吹不出寒冬的气息。巨人们纷纷摇头,喃喃自语。

"为什么冬冰之海不再坚硬如初了?"年长的巨人们苦苦思索着。

"以前发生过这种事吗?"波问。

几个年轻的巨人挺身上前,承认多年来他们已然注意到冬冰之海变得越来越薄,甚至听见了坚冰融化成水的声音。

波决心要完成她的任务。但是,如果穿过融化的冬冰之海会导致她气喘吁吁,她要如何把冬之气息吹到南方大陆上去呢?这时,波想起了狮鹫们。他们救了她,这给了她一个灵感。

分享冬天不再是一个人的工作，而是所有海瑞亚巨人的责任。波建议，与其只派一个风行者冒险，不如让一大队的狮鹫护送一支风行者的队伍。这无疑会花费比较多的时间，但这么做却可以保证他们完成自己的使命。

从那以后，每当海瑞亚有新生的巨人年满十五岁时，就会由其他的巨人陪伴组队，在狮鹫飞行大队的护送下，从自己珍爱的王国出发，飞越过王国边界的山脉，飞越过冬冰之海，到达南方大陆的边界。

巨人们会一同深吸一口气，闭上眼睛，然后轻轻地把冬天的宁静气息吹向南方大陆。这些气息让疲惫的动物冬眠，让枯萎的植物沉睡，并且为那里的一切生物创造了一个欢乐相聚和温暖相拥的机会。

海瑞亚的巨人们和守护他们的狮鹫们，在回家的路上留下的痕迹如同一阵煦风吹过。天空中的色彩鲜活了起来，向南方大陆的居民展现冬天的魔力。只要冬冰之海还有冰，风行者们就永远不会错过年复一年的造访。

从前，
有一个盐湖

怪物的体内一片漆黑，十分安静，只能听见低沉的唰哗、唰哗、唰哗的声音——那是水流拍打它那巨大强壮的身躯的声音。这怪物在不同的民族里有着不同的名字，但是所有的民族都认为它来自咸水，来自深渊，并且十分危险。

有人说这怪物每天都要吃一只鲸鱼，还有人说它有一条很长很长的尾巴，能绕身一周，头尾相接。总之，所有的人都达成了一个共识——碰上这怪物就只有死路一条。

这怪物小心翼翼地守护着一座宏伟、神秘，又令人叹为观止的城。这是一座隐藏在浪涛之下，由闪闪发光的盐水晶建成的水晶城。水浪使水晶彼此轻碰，让整座城萦绕着叮叮当当的细响。

城中央的拱廊是由蓝盐水晶筑成的。无数条小径从一个令人赞叹的中心地带向四周延伸出去。每个路口都会有一根高高的柱子。

怪物经常在城的周围游荡，它的存在不仅使居民都不敢出门，也吓跑了所有来访的宾客。所以，这座水中之城一直无人问津……直到有

一天，几个访客来了。

这些访客听说一只可怕的怪物常年盘旋在这座水晶城周围，但是当他们试图靠近水晶城时，怪物恫吓的咝咝声并没有吓退他们。

于是，访客们冒险更靠近了一点儿，并试图伸手去触摸那扇用盐水晶砌成的城门。那怪物不断在他们背后盘旋，试图吓跑这群"闯入者"。就在这时，在访客们的触摸下，几百年来一直紧闭的城门缓慢地打开了。

汹涌而入的水浪推着访客们翻滚着进了城。怪物的阻挠彻底失败了，这是从来不曾发生过的事。水晶城的居民都急急忙忙地跑出来看发生了什么事。

居民们聚集在一起观察着这些访客。双方没有共通的语言，访客们只好拿出一块块岩石，在盐墙上画出一幅幅图画来讲述他们的故事。

水晶城的居民对此或感到惊讶，或感到好奇，或感到有些害怕，但是每个人都看得如痴如醉。访客们讲的是发生在一片陆地上的故事，那座城与水晶城没有什么不同，但是，那里居民的生活方式最终让他们付出了惨痛的代价。他们无节制的开垦使土地变得贫瘠又脆弱。终于有一天，猛烈的巨浪将他们的城夷为平地，居民们也全部跌落到水中。这教训让访客们终生难忘，也让他们无比渴望安定，希望有一天能不再漂泊。

访客们向水晶城的居民深深鞠躬,请求对方接纳。水晶城的居民很同情他们,于是同意他们留下,但是有一个条件:访客们必须承诺只拿生活所需的物品,并分享他们多余的物资作为回报。

水晶城的居民进一步解释说,人人都可以在需要时从公共区域借些盐,只要在力所能及的时候尽快归还就行。水晶城能够在与世隔绝的情况下存续下来,与大家的循途守辙密不可分。

访客们同意了,他们在水晶城住了下来。他们懂得这座城的规矩,并小心地遵守着承诺。他们甚至运用自己的天赋,给城中添加了些许装饰。水晶城里人人都心满意足,除了那只满怀嫉妒的怪物。

怪物在水上来回盘旋,越来越焦躁。随着居民们一步步拥抱着访客们带来的新生活,怪物也越来越看不顺眼这城中一帆风顺的近况。这怪物的占有欲很强,一点儿也不喜欢分享,因此它展开了一场破坏行动。

在黑夜的掩护下,怪物悄悄地从城中心的巨型盐柱上刮下盐偷走。起初,柱上只出现了一个小小的窟窿,日复一日,这个小窟窿变成了大洞。

终于有一天,巨型盐柱再也不堪重负,断成了两截,坍塌在了主十字路口。那瞬间腾起的大股盐雾,惊动了整座城。一直等着看好戏的怪物咧嘴笑了——它的阴谋就要得逞了。

城中所有的居民,包括那些新定居的访客,全都聚集过来查看盐柱的损坏情况。那怪物像一团愤怒的乌云,在水晶城上方来回盘旋。

怪物低头看着人群,要求居民们给个

说法，但是没有人站出来。怪物大声咆哮。

所有在场的人都不得不承认，盐柱已经毁了。这意味着这座城所奉行的分享精神遭到了背叛。难道是这些人中有人违背了在此生活该遵守的承诺？

事情扑朔迷离。谁该对此负责？难道有人额外拿了不该拿的？所有人都心生疑问。最重要的是，恐惧席卷了整座城，居民们都慌乱了。

在他们上方，怪物急速地来回旋绕，兴高采烈地看着水晶城纷乱不安的现状。只有它知道谁才是真正的罪魁祸首——正是它用自己的爪子偷了盐柱上的盐。

然而，令怪物吃惊的是，水晶城的居民并没有因此而互相攻击，互相仇视。他们没有上当。相反，他们聚在一起开会，并得出一个结论——这座城已经不再能满足每个人的需求了。

但是，此时分散并非良策，团结才是上计，他们必须尽其所能，尽快离开水晶城，

去重建一个共同的新家园。

怪物以每小时一百千米的速度疾速前进，比水中的马林鱼还快。它搅起令人眩晕的激流，将损坏的盐柱从水晶城的怀抱中整根拽起，整座城随即崩塌粉碎。细腻的粉末漂浮在湖面上，形成了一条条泡沫带。那些较重的粉末覆盖在湖底，形成一层厚厚的黑泥浆。

在后来的岁月里，没有任何生物再在这里定居。在湖的周围，没有任何植物生长，甚至没有动物来这里饮水。整个湖区一片荒凉，这种空洞提醒着人们——生命和土地之间的协议是多么脆弱，善妒的怪物又是多么可怕！

随着时间的流逝，湖水遇上了温暖的空气，湖面缩小，那些被时光埋藏的秘密逐渐显露。高大又畸形的盐柱耸立在四周，在来回拍打的波浪下方，那些拱门、小路和叮叮当当的细响，重新唤起人们对那个古老之城的记忆。但是，在深渊之下潜伏着的那只怪物，一直在暗中窥视，随时可能再次挑起事端。

从前，有一座山

从前，有个地方，那里耸立着世界上最高的山峰。那里曾经有一片无边无际的大海，万物都在它的统治范围内。

潮汐支配着时间，海浪拍打着所经过的一切，发出最雄浑响亮的声音。

这里的空气中弥漫着淡淡的海水的味道，唯一与大海共享空间的是天空。空中有两只鸟儿，是一对白顶溪鸲[①]。他们是那样胖乎乎又可爱的鸟儿，总是轻盈又从容地在水面上盘旋飞翔。在起风的日子里，他们的翅膀像风筝的尾巴一样在空中嗡嗡作响，这声音与大海的咆哮齐鸣。

白顶溪鸲决定在威严的大海中安家。年复一年，这对小夫妻在波涛中寻找高大的岩石，在高高的岩石上用树枝和羽毛筑巢，然后在里面产下一圈蓝色的蛋。

令人悲伤的是，每一年，在无人照管的时候，海水都会把这些蛋冲出鸟巢，这些小小的鸟蛋落到浪涛里，毫无生还的机会。它们像石头一样沉了下去，原本充满希望的新生活就此永远沉寂。

白顶溪鸲悲伤万分，痛哭不已。每一年，这对鸟儿都把他们的悲伤倾注到大海里，然而大海对他

[①]白顶溪鸲（qú）：雀形目鹟科鸟类，体长约19厘米。

们的悲伤毫不在意。大海只是继续翻涌着波浪，拍打着海岸。

这是白顶溪鸲最后一次机会了。他们筑了最后一个巢，在产下最后一颗蛋之前，他们喃喃祈祷——恳求这片海域的其他生灵保护他们的家免于海水的侵袭。

他们一边飞，一边将祈祷传遍大海。他们的声音传到了海浪之下，传到了那些巨大的白袍熊潜泳的地方。这对小夫妻低低地飞掠过水面，坚持不懈地传达着他们的心愿。

在水下，白袍熊听到了鸟儿焦急的叫声——那强烈又尖锐的声音穿透了头顶的水面，刺入他们的内心。他们浮出水面，跟随着向巢飞去的鸟儿。

白袍熊看见汹涌的海浪拍打在脆弱的鸟巢附近，白浪掀天。明白了鸟儿所面临的危难，白袍熊的心中溢满了悲伤。他们做了唯一能做的事：大口大口地喝水，试图以此来保护鸟儿，给他们未出生的后代最后的生存机会。

白袍熊喝了又喝。他们把海水吸进毛茸茸的嘴里，一直满到嘴边。他们狼吞虎咽，直到咸咸的海水胀满了他们的肚子，直到大海见底，独剩一张柔软的海床。

这张海床正是这些巨大的白袍熊所需要的！他们巨大的身体因为装满了沉甸甸的海水而筋疲力尽，本来宽裕的地方也因为他们膨胀的身躯而变得拥挤。

当那对鸟儿在巢中孵蛋时，这些白袍熊就在干燥的海床上蜷缩成一团团毛茸茸的毛球，很快，疲惫的他们就睡着了。打盹儿的时候，他们的重量压在地上，身体开始下沉，就像落下一个脚印一样。反过来，大地用同样的力承接着他们。然而，他们太重了，为了唤醒他们，大地甚至释放出微小的震动，但是这群白袍熊只是微微动了一下，接着又睡了过去。

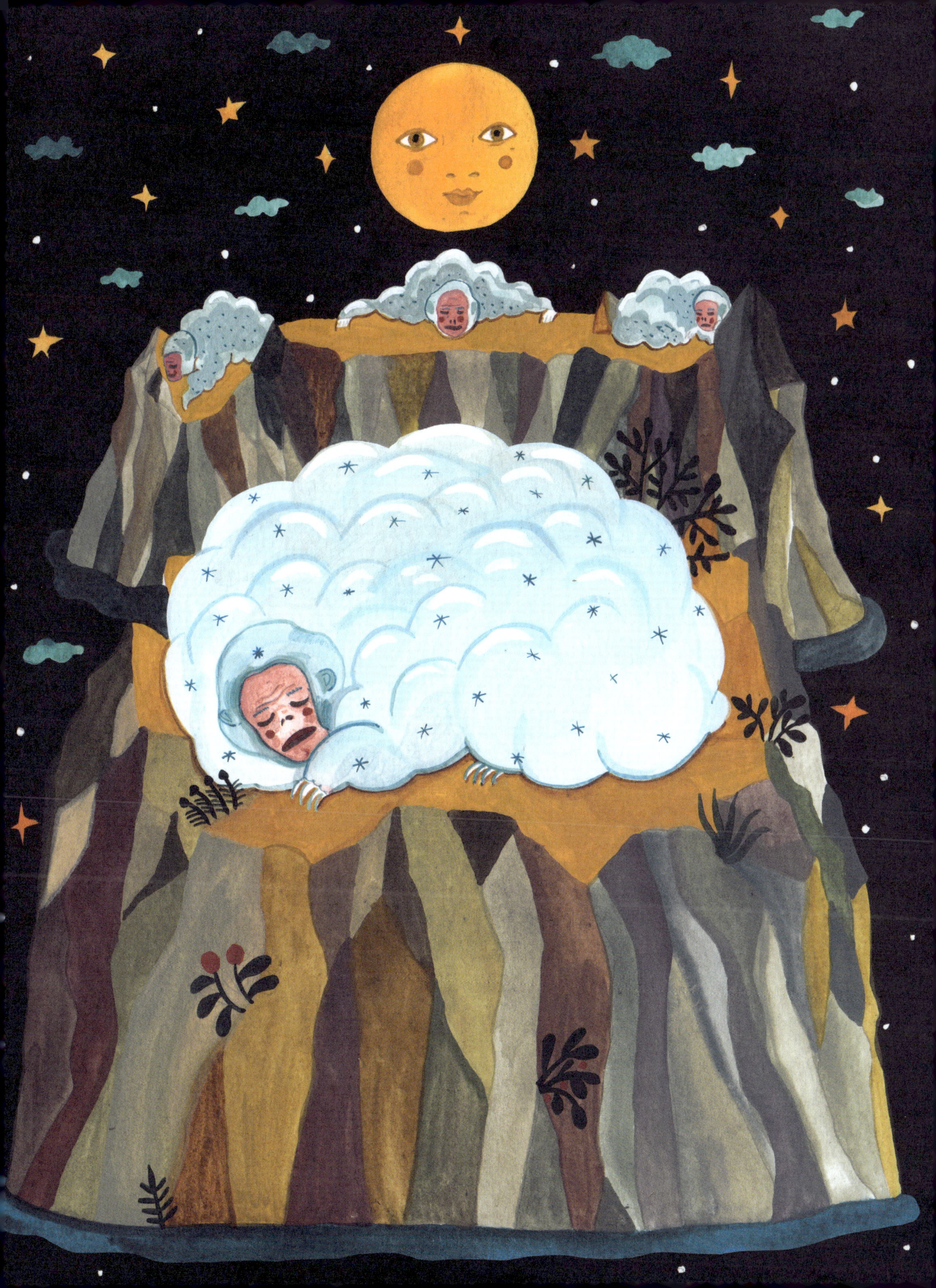

当白袍熊在睡梦中打着呼噜翻身时,一条小缝在他们身下那柔软的泥地上慢慢显现。这条裂缝蜿蜒而行,贯穿了整个区域。但白袍熊只是简单地翻了个身,依旧好眠。

于是,大地发出了更强烈的信号——它调动巨大的能量进行移动,沿着裂缝将陆地分割成了几大块。但是,那群白袍熊依旧只是懒洋洋地滚来滚去,其中一只甚至滚到了一条深沟裂缝的边缘,摇摇欲坠。

大地既对失去一片海洋感到生气,又对这些无法叫醒的白袍熊感到愤怒。于是,它决定采取上述这个戏剧性的行动来刺激一下这群昏睡的毛球。从一个轻轻的颤动开始,逐步演变成了一场大地震!

大地扭动着、颤抖着、摇晃着、震动着,好像变成了一个巨大的海浪。但是,那群白袍熊睡得实在是太沉了,完全没注意到这场骚动。至此,大地只能"改头换面"了!它要完全地改变自己的形状来唤醒这群睡熊。

大地释放出最后一次有力的摇动,裂出了一条绵延数千

米的深沟。整片大地翻了个底朝天，隐藏的深渊变为陡峭的山峰，刺向天空。

这些山峰的崛起终于把白袍熊们惊醒了。在大地呈现出一个巨大的、高耸入云的山脊轮廓时，白袍熊双脚站立，双腿紧贴住山峰，奋力地保住自己的小命。那山脊的轮廓看起来像是巨大的牙齿，其高耸与尖锐的程度，旷古绝今。

直到如今，这些白袍熊仍然栖息在这些山峰之间。他们或在岩石上打盹儿，或在冰川中嬉戏。他们披着白色的"外衣"，小心翼翼地不被人发现，也不再打扰大地。

不过，白袍熊的努力没有被忘记，因为在他们上空翱翔的、在高山上栖息的，是他们的老朋友——一群胖乎乎的、欢快的白顶溪鸲。白天，他们飞翔在高空中，自由地吹着甜美的口哨。到了夜晚，他们在星光灿烂的夜空下，惬意地窝在巢中歇息。

从前，有一片森林

欢迎来到这片与众不同的森林——它不仅横跨好几千米，而且有着独一无二的景观。自诞生以来，这片森林就吸引着许多寻求食物、奇迹和冒险的访客。这些访客只要足够细心周到，就会受到宾客般的礼遇。如果他们偷东西，或寻衅滋事，那么他们将会受到应得的惩罚。

在月光皎洁的夜晚，你可以听见树梢的精灵——噗通鸟①在讲述森林的警世故事。他们的圆眼睛像是橙黄色的月亮，诡异的嗓音诉说着白头队长的故事。故事是这样的——

白头队长并不是从一开始就是队长。她本来只是一只普普通通的猴子，但是她的看家本领——善用工具修理东西和与这片森林特别的相处之道，让她得以为大家提供瞭望、指引和协助的服务。她那蓬松的黑外套让她看起来更像一个可爱的搭档，而非一个战士。但是，她那圆圆的脑袋上，如同单色头盔一样的毛发，暗示了她的终极使命。

这只猴子有一种特殊的能力，这种能力悄然诞生于一个吉祥的日子。这天，和往常一样，她正忙着捡树枝和石头来制作她这一天所需的工具。她一边工作，一边对着自己的材料叨念不休。

"你们可一定要结实一点哟。"她一边编织树枝，一边对它们说。于是那些树枝便自动拧到一起。

"如果你们能更光滑一点就好了，那样我就能把你们做成斧头啦。"她对石头们说。于是石头们便主动将凹凸不平的表面打磨光滑了。

你瞧，猴子能够和她的那些材料沟通呢！

她经常背着她的小书包，坐在树冠上，仔细地打量着森林，寻找她可以帮忙的事情。在出事的那一天，一切看起来都很好，但她就是觉得有些不对劲。

她嗅了嗅空气，发现空气中弥漫着发酵的浆果、青草和树液的味道。她还察觉到一丝不熟悉的事物的气息。

紧接着，她又仔细听了听森林里的声音。除了寻常的鸟儿飞翔的沙沙声和陆地动物啪嗒啪嗒的脚步声，还有一些别的东西搅动了空气。

她正要开始每天绕林一圈的行程时，一只箭毒蛙朝她跳了过来。

那只箭毒蛙挡住她的去路说："帮帮我吧！我们家的地面在震动，树叶也在颤抖。"

"你还有其他的地方可以住吗？"她问。

箭毒蛙摇摇头说："没有了。"

猴子安慰她的两栖动物朋友说："别着急，我去看看能不能有什么发现。"

---

① 噗通鸟（Potoo Bird）：属林鸱科（学名：Nyctibiidae），是夜鹰目下的一个单型科，现存7种，分布于拉丁美洲地区。善于伪装，其羽毛颜色与树干颜色相似，因此常直立在树上伪装成树干，捕食昆虫和其他小鸟。

到了箭毒蛙的家，猴子先把手按在地面上，然后又按在树上。她同样感受到了微小的震动。

猴子趴下来，开口请求大地和树木帮忙。

"请你们不要再颤抖啦，一定要保持平衡啊！"她哄道。那温柔的话语使她身下的树根深深扎根于土地，大地随之变得松软稳定了。

猴子正准备告诉箭毒蛙安然无事了，不料却被蹑手蹑脚朝她靠近的蟒蛇和美洲豹打断了。

"你们怎么出来啦？"猴子问，"大白天你们不是应该在阴凉黑暗的地方躲着吗？"

"我们没法睡觉，太亮啦！"蟒蛇苦恼道。

"森林中属于我们的那片阴影莫名其妙地消失了。"美洲豹抱怨道。

"不见了？"猴子吓了一跳。她飞快地爬上树，一棵接一棵地摆荡到蟒蛇和美洲豹的家。令她吃惊的是，那里失去了遮蔽，变得空荡荡的，阳光在那里倾泻而下。

猴子开始和那些树打着商量："嘿，你们能把那片空白填上吗？"

于是，那些树木伸展枝叶，把那片空白的地方补上了。蟒蛇和美洲豹终于又可以回去睡觉了。猴子没料到一大清早竟有这么多的事，兴奋和忙碌让她几乎忘了空气中的不对劲。

随后，猴子从一棵雄伟的老树下经过，她听见上面有说话的声音。

"这噪声太吵了，我都听不清楚自己在说什么了！"树懒烦躁地说，爪子绝望地抓挠着。

"就是，这些嘈杂声真让人困扰。"绢毛猴附和道。

猴子在他们底下停下来，问道："什么嘈杂声呀？"

他们朝树上枝叶交错的地方指了指。果不其然，猴子爬到他们栖息的地方时，也听到了，那是一种肚子饿了时发出的咕噜咕噜的声音，一种只能从某种凶猛的野兽的肚子里传出来的声音。

猴子很苦恼。她想减轻树懒和绢毛猴的烦恼，但这噪声可不是她向大自然寻求帮助就能解决的。

在这棵树更高的地方，金刚鹦鹉和巨嘴鸟正在激烈地争论着。猴子纵身跃了上去，想看看他们能不能帮上忙。

"朋友们，你们听到什么声音了吗？"猴子问，"一种咕噜声，搞得地面都在震动。"

"哦，那个啊，"巨嘴鸟说，"是那只巨兽发出来的！"

"巨兽？"金刚鹦鹉咯咯叫道。

"我亲眼看见的。"巨嘴鸟坚持说。

"我去调查一下。"猴子说着就走了。

箭毒蛙在震动的地面上的不安，蟒蛇和美洲豹躺下却睡不着的苦恼，树懒和绢毛猴的烦忧，还有金刚鹦鹉和巨嘴鸟的争论，都刺激着猴子去一探究竟。

猴子绕路来到了领地的分界线——一座悬崖——它的下方便是森林的另一片区域。不料，当猴子从悬崖上往下看时，竟然看不到另一片森林。相反，呈现在她面前的是一片空荡荡的荒地。猴子大吃一惊，刹那间，一团烟尘挡住了她的视线，那咕噜声变得更大了。

等烟尘散去后，两只看起来疲惫不堪的动物出现了：那是水豚和貘。貘抱着水豚，后者看起来非常虚弱。

"邻居们，你们怎么了？"猴子朝底下大喊道。

"巨兽吃掉了我们所在的森林。"水豚咳嗽着说。

"我们能上你们那儿去吗？"貘恳求道。

"当然可以！"猴子急切地喊道。他们离得太远了，猴子环顾四周，想找些什么东西帮他们爬上来，但是一无所获。

她跑回森林里去召集她的朋友们：那些树木和藤蔓。她发出和蔼又明确的指示，向森林寻求帮助。在她的召唤下，藤蔓爬下悬崖，树叶整齐地聚拢在一起，长长的、粗壮的树枝垂下来兜住树叶的边缘。

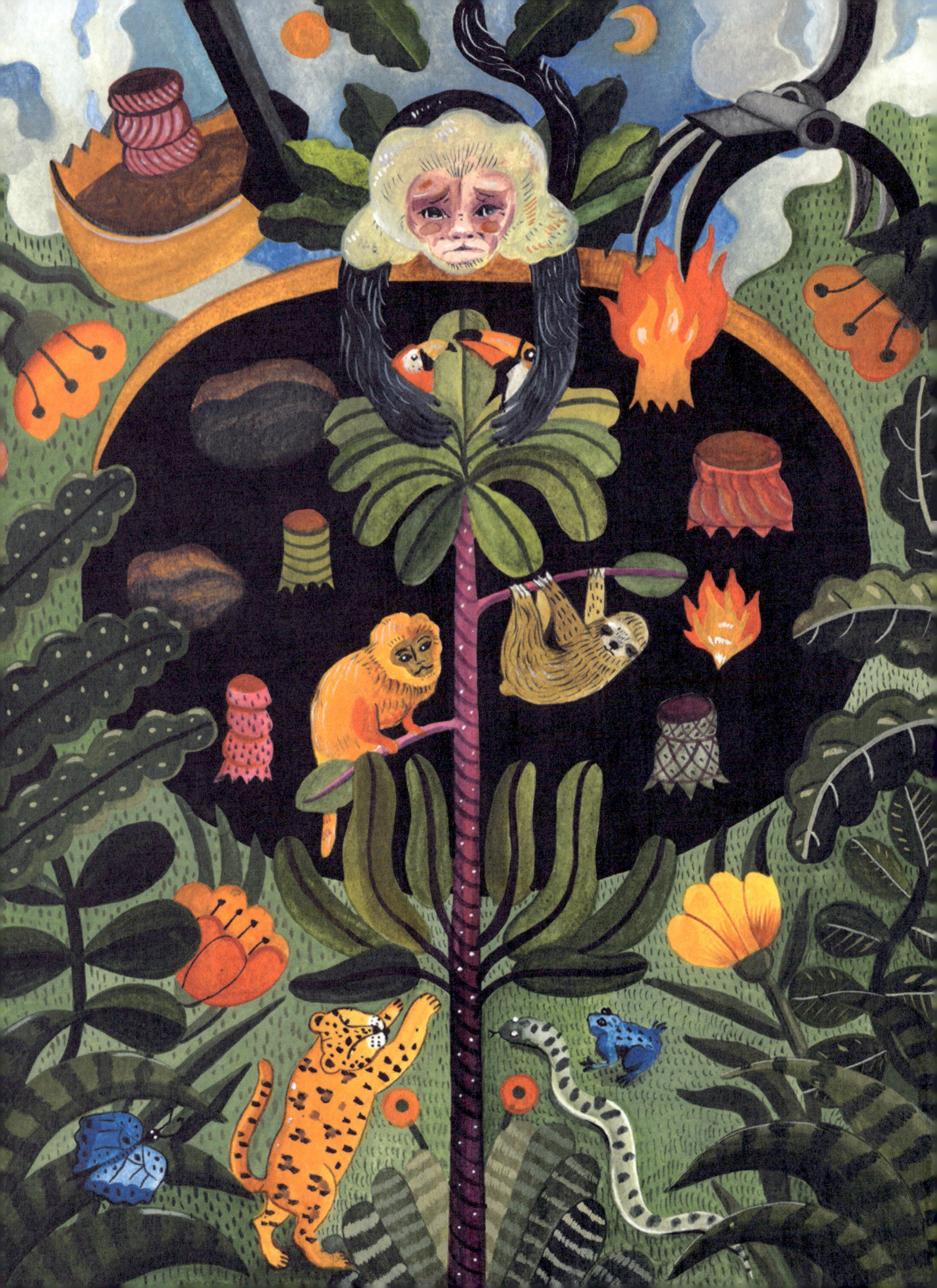

这些来自大自然的朋友们组成一座窄窄的"吊桥"，从猴子所在的高地倾落到悬崖下方的荒地上。虽然这座桥陡峭而危险，可是貘和水豚已别无选择，只能祈愿它有足够的力量承载他们。这两只动物小心翼翼地爬上用藤蔓和枝叶编织的桥，谨慎地不去回头看背后那片荒地，他们就这么缓慢地爬到了安全的悬崖上。

猴子拥抱了貘，并帮忙把水豚扶了下来。就在她带领这两只动物朝树木的庇护地走去时，脚下的地面又出现了一阵怪异的颤抖。一阵咆哮声在她身后响起。猴子转过身，看见了一幅可怕的景象——一只若隐若现、闪闪发光的庞然大物正朝着吊桥的方向奔来！

是那只巨兽！

猴子催促着两只动物赶快逃命。但她没有选择跟他们一起，相反，她转身朝那只恐怖的巨兽走去，在桥头处挺直了她那小小的身板。

她很明白，为了阻止那只巨兽爬上来占领这片森林，她必须砍断这座吊桥。她拔出斧头，随时准备保卫她的领土。

猴子使出全身的力气去砍这座吊桥，那些藤蔓随着巨兽的前进不断地扭摆晃动。她用尽了全身的力气，想赶在巨兽爬上来之前把吊桥砍断，但是却没有成功，它实在太坚固了。那只巨兽不停地往上爬，露出了它雪亮的尖牙。

挥出绝望的最后一击之后，猴子瘫倒在地。她闭上了眼睛，把全部的注意力集中在那座吊桥上——那是她为了救助朋友而搭建的，现在却帮助了她的敌人，给所有人带来了威胁。猴子深吸了一口气，在内心恳求吊桥自己断开。

她知道事情已经脱离掌控了。巨兽爬上了吊桥，它正咆哮着朝猴子爬来。吊桥发出了可怕的嘎吱声，随着巨兽的每一声咆哮，嘎吱声也越来越大。这不仅威胁到了她的生命，也威胁到了她所生存的整片森林。

突然间，吊桥的中段以下开始瓦解，猴子欢快地跳了起来。吊桥解开了缠绕的藤蔓，松开了叶子，缩回了树枝。伴随着一声可怕的"哐当"巨响，巨兽被抛到了下方贫瘠的地面上。

一团烟尘从崖底升起，宣告着他们战胜了巨兽。猴子和其他动物都安全了。森林里的动物们发出一阵欢呼，他们把猴子高高抛起。

"我们的队长！"动物们大声地庆祝着。

从那天起，每当猴子担任森林的帮手，在林间巡视时，大家都会这样问候："你好呀，白头队长。"每当邻居们看到她在树枝间摇晃或在森林里跳舞时，他们内心都十分欣慰，因为他们知道这一片家园正在被守护着。

随着时间的流逝，毁灭的巨兽被新生的树林掩盖了，这个故事以森林的语言被记录了下来。每当月亮高挂时，附近的访客都可以听到噗通鸟讲述这个故事，这样大家就永远不会忘记白头队长留下的珍贵回忆了。

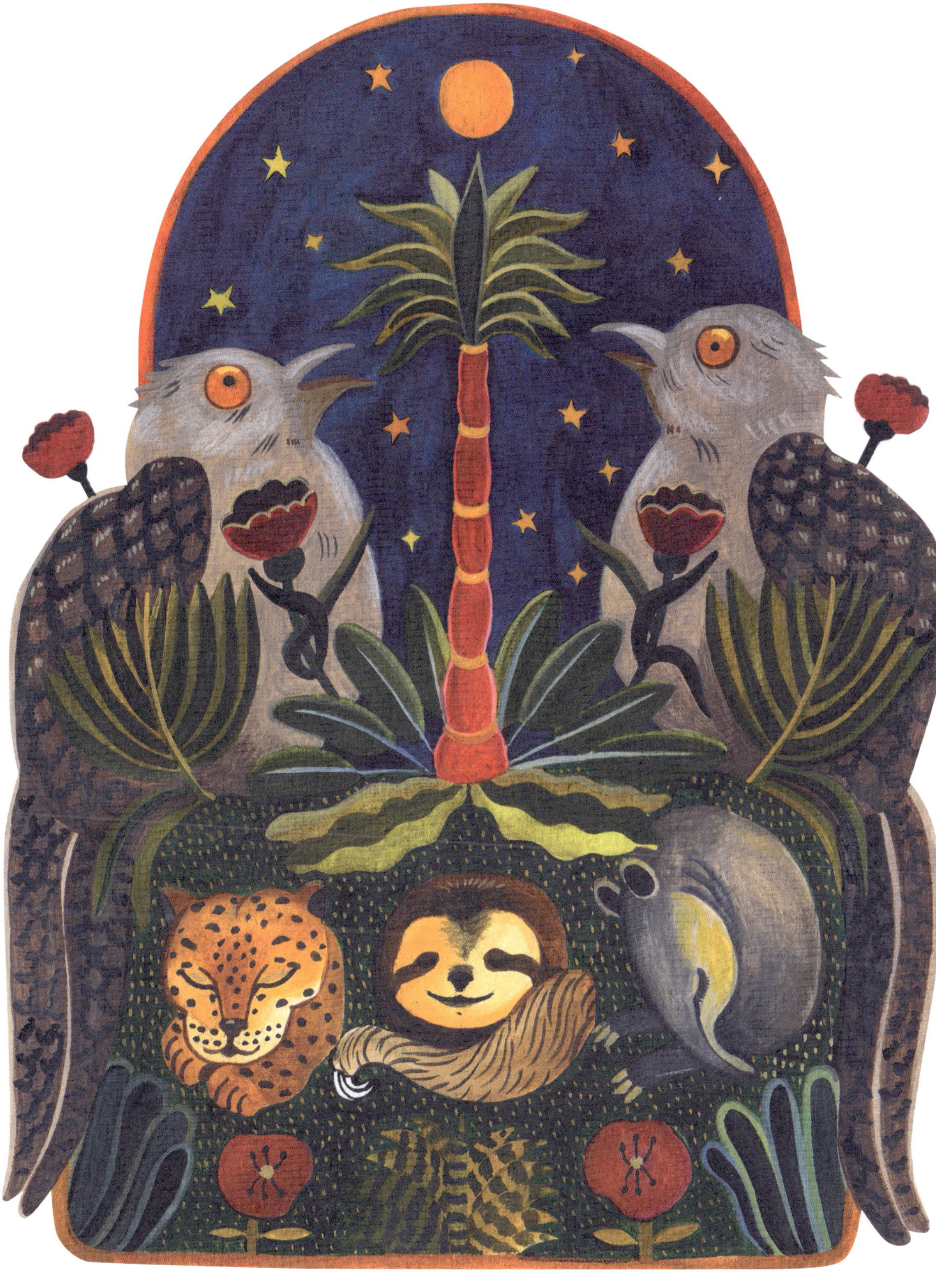

从前，有一个乐园

很久很久以前，在植物和动物、海洋和陆地出现之前，有一样东西已经存在，那就是黑暗。漫无边际、吞噬一切的黑暗。黑暗不允许任何事物存在，连一粒灰尘也不许。因此当时的世界很无聊，既缺乏万物的生机，也没有任何色彩和欢乐。于是，黑暗召唤来一位朋友。这位朋友的名字叫光。

光受到邀请之后，悄悄地到来了。一开始他只有针尖那么一小点，然后慢慢膨胀成了一个"球"。这球发出明亮的光芒，并为自己找了一个落脚点。明亮的光与幽深的黑暗像老朋友一样分享着这个世界。

黑暗与光决定采用轮流站岗的模式，这样一来，他们就可以各自掌管一部分时间。这是一支友善又贴心的双人舞，他们互相给予善意，从而带来了其他美好的事物——那美好如此之多，一个乐园就此诞生了。

随着黑暗与光达成的新平衡的出现，那些曾经冻结的东西开始融解。一条条冰冷漆黑的巨大带状物，化成了蓝色的液体。不久，巨大的海洋出现了。

从大片水域中升起一块块小土地，向着光的方向伸展。当光照耀这些岛屿时，植物便开始生长。地面上，参天的绿色植物结满种子，开满繁花。水面下，水草在摇摆。在岛屿周围的边缘地带，毛茸茸的珊瑚成形了，在小岛周围"雕刻"出各式各样的枝状触手……直到长成一个巨大的珊瑚礁。

每一次新的成长，都会有一个神灵引导。

一块礁石的神灵、一条海岸线的神灵、一座山丘和一片森林的神灵……他们是新生命的管家，每个神灵都以谨慎而恭敬的态度履行着自己的职责。他们不仅要确保乐园里的每一种新生物都得到光、空气和养分的滋养，还要确保大家和睦相处。

这并不容易。

有一个特别的神灵，其他的神灵都喊他"豆土"，比如："豆土，我们能知道你的用

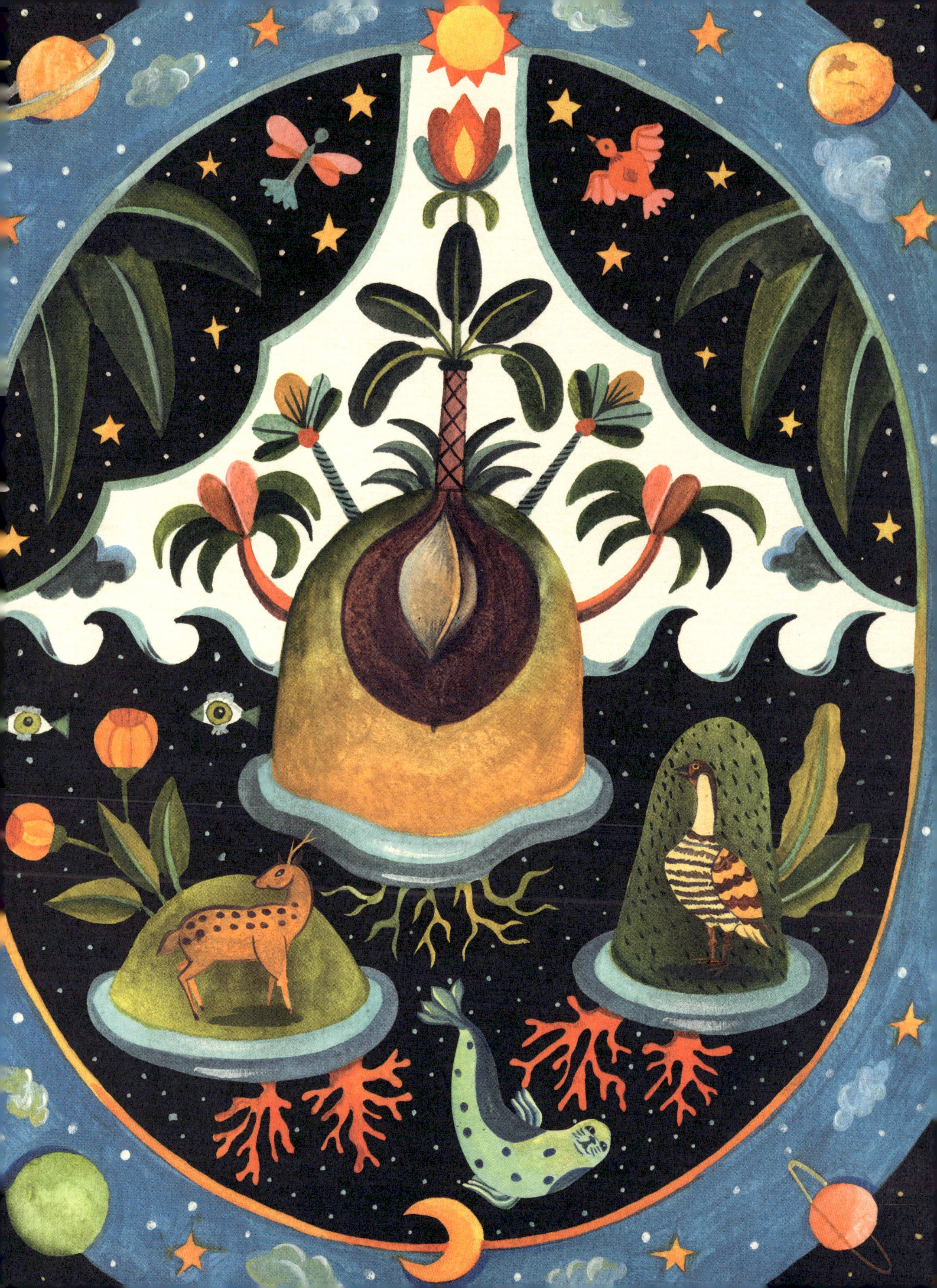

途吗？"你瞧，豆土是一个很奇怪的东西的神灵，这小家伙像一个椭圆的球，大家很难断定他在乐园里到底是干什么的。

豆土是个特立独行的神灵。其他的神灵都认真勤奋地照顾自己的东西，豆土却与众不同，他憨头憨脑的，特别喜欢嬉戏和恶作剧。有一次，豆土用石头堵住了小溪，于是森林的神灵不得不绕路去那湍急的瀑布取水来灌溉他们的植物。还有一次，豆土调换了神灵们放置的指示牌，让大家在不断变化的地形地貌中团团转，乱成了一团。神灵们对此一点儿也不觉得有趣——他们忙着干活的时候，豆土却在捣蛋！于是，神灵们开始不理睬豆土了。

豆土意识到自己被冷落了，他噘着嘴，跺着脚，生闷气。

"等着吧，我一定要让他们看看我的真本事！"豆土一边说着，一边在沙地上挖了一个大坑。他把那个椭圆的球高高举起，念叨："你这怪模怪样的小东西真让人困扰！"说完，就大张旗鼓地将它埋了起来。

为了标记这个地点，豆土特意制作了一个大牌子，上面写着"土豆！"。

连签自己名字的时候豆土也要搞怪！其他的神灵看了都忍不住翻白眼。

"豆土这下又在搞什么鬼呢？"神灵们窃窃私语。不过，他们为这件事没给自己带来什么困扰而感到庆幸。他们不知道的是，豆土这个调皮的举动引发了一场巨大的变化，而这场变化将永远改变他们的乐园。

随着黑暗与光的不断交替，日换成月，月换成年，亿万年过去……大地和水域都发生了变化。植物结出果实，珊瑚礁绵延数千米，水域里充满生机，满是成群结队的鱼和其他水生动物。高耸的树木、茂盛的青草、盛开的繁花和绵延的藤蔓覆盖了整片大地，也遮住了豆土竖立的那块大牌子。

树上，有长着翅膀的动物来栖息；树下，昆虫们开辟了繁忙的道路。神灵们心满意足地看着这一切，直到有一天，乐园里来了一位新客人……他很高，有两只脚，既好奇又狡猾，而且还十分饥饿！

这个新来的家伙从海里捞了许多鱼，狼吞虎咽地吃了下去。之后，他又把树上的果子摇下来，大口大口地嚼碎了吞下去。不久，他身边聚集了越来越多的同类，高矮胖瘦，不胜枚举。

这种两脚生物开始安营扎寨。他们折断树枝做成遮风挡雨的避难所，割除草地开辟道路，甚至将各种材料从郁郁葱葱的林地运到海滩，制成了木筏，这样他们就可以同时占据水域和陆地。这让神灵们很兴奋，他们激动地向这些两脚生物展示这个乐园所有的风貌。

这些两脚生物感知到了神灵，并给神灵们献上了小礼物。所有的神灵都有，除了豆土，因为豆土还没给这些新来的朋友展示任何值得他们感谢的东西。当这些两脚生物巧遇一块写着"土豆！"的大牌子时，他们哈哈大笑，这个听起来奇怪又滑稽的东西，能有什么用呢？于是，他们很快忘记了那块大牌子。

一天，乐园里驶来一条木筏，上面载了许许多多的两脚生物。一开始，这是件令人兴奋的事。这些生物下了木筏，和原住民们打了招呼，享受着各种应他们所需摆出来的食物，大家都很欢乐。但是好景不长，水中的鱼和树上的果很快就不足以养活这些新住民了，他们吞噬东西的速度太快了。在神灵们为海洋补给出新的鱼群，或让陆地上长出来新的坚果和浆果之前，这些生物就把它们都吃光了。

所有神灵都很担心，唯独豆土对此丝毫不感兴趣。豆土只感到愤愤不平——没有人发现他埋在地下的秘密礼物，也没有人给他任何特别的礼物。

没有人欣赏他的幽默、他的本性和他的热情！

于是，豆土命令大自然制造一场暴风雨。他的愤怒不断扩张，最后完全失去了控制，就跟失控的狂风暴雨一样。

那些两脚生物挤在他们的避难所里，和神灵们一同痛苦地看着周围的一切被水淹没、冲毁，四处散落。狂风袭击着海岸线，沙子被吹成一团团隆起的沙丘，珊瑚礁损伤无数。海洋生物不得不离开他们的家园，漂向未知的世界。

暴风雨后，大家重新回到乐园，但这里已经发生了翻天覆地的变化——它不再是原先那个和谐、富饶、充满食物的岛屿了，它看上去是那么的凄凉：大水淹没了原本的海岸线，沙子冲毁了珊瑚礁，连树木都变得光秃秃的。

清理完这一场无妄之灾的残骸，两脚生物们准备制作一条木筏扬帆远去。神灵们也明白：乐园要想恢复如初，必须经历漫长的光和黑暗的循环。岛上几乎没有可以栖身的避难所，也没有了食物，这个岛对所有人来说，都不再是曾经那个受欢迎的家了。神灵们都对豆土这个罪魁祸首怒目而视。

豆土很懊悔，他独自走到海滩上，看着那些两脚生物登上木筏。木筏没有足够的空间容纳所有的两脚生物，一些个头比较小的生物被抛下了。

豆土为这些遭到抛弃的小家伙感到心碎。他决定不再沉溺于消极的情绪中，而是要努力地弥补自己所犯的错误。豆土一步一步往前走，很快就走到了那个埋藏东西的地方，

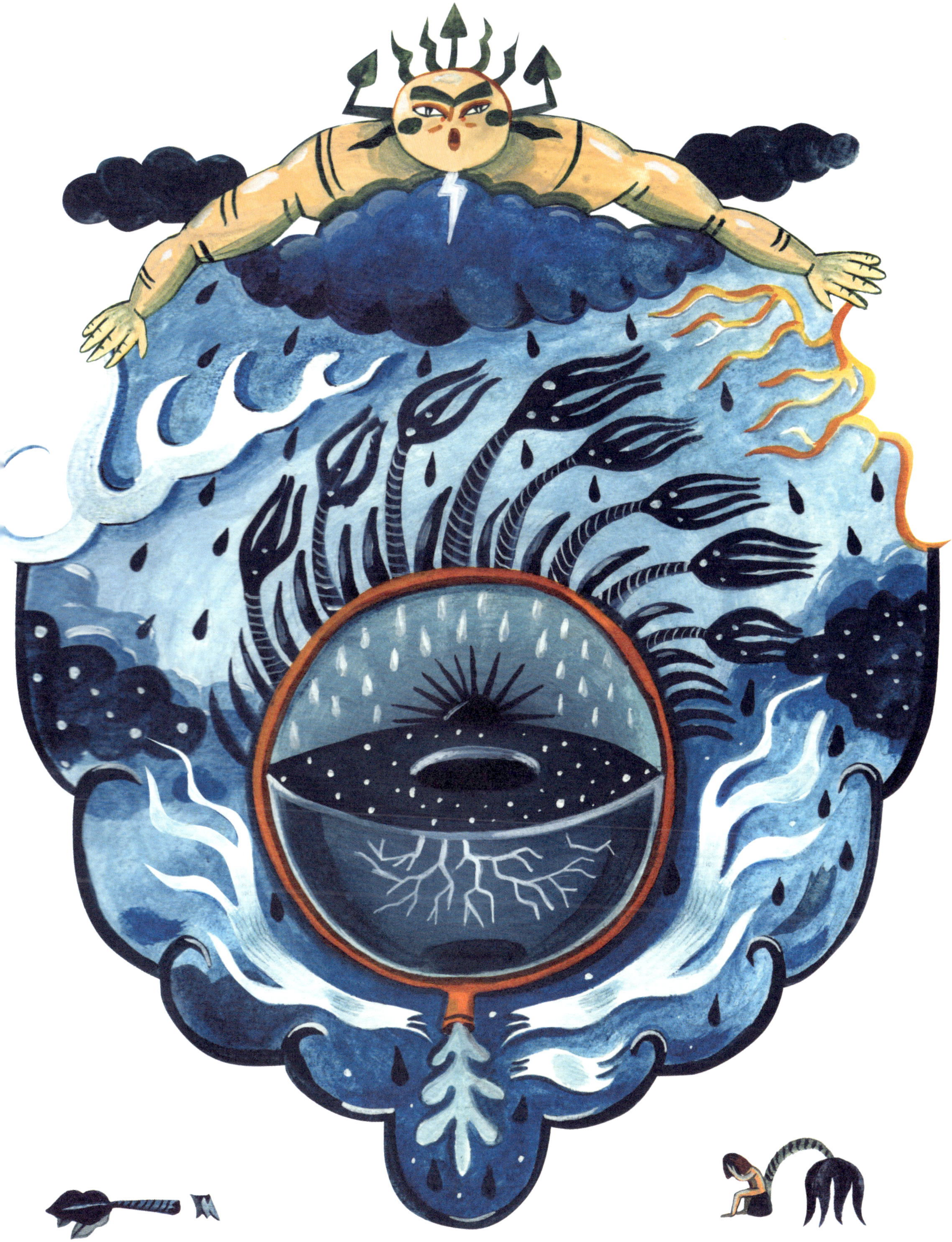

他一点儿也没发现自己身后还跟着那些被抛弃的小家伙。

这些小家伙聚集在写着"土豆！"的牌子周围，好奇地察看。脚下松软的泥土已经在暴风雨的侵袭下散开了，露出头来的是豆土当年埋下的那个奇怪的东西。他们把那个东西从土里挖出来，拿在手里翻来覆去地看，又是抚摸又是嗅闻，他们眼中亮起了光芒。豆土眼睁睁地看着他们热切地把那个奇怪的东西抬到海岸边，拿着它手舞足蹈，上蹿下跳。

豆土对此开心不已。

接着，这些小家伙在海滩上燃起火堆，然后将那东西埋在闷烧的泥土下。过了一段时间，他们把那东西从余烬中挖了出来，戳开它，闻着它散发出来的香味，开始享用这美味。

这些两脚生物用审慎与敬畏的态度对待"土豆"，他们一次只剥一小块，共同享用，这样每个人都能享受到这场美味的盛宴。

豆土内心充满了喜悦和自豪，他终于等到了这一天：他掌管的东西终于在乐园里扮演了重要角色。

从那时起，两脚生物会在埋藏"土豆"的地方留下礼物。豆土也因此变得谦逊了，他不断埋下他掌管的小东西——土豆。

矮小的两脚生物因为吃了这些圆圆的土豆而变得健壮了，他们慢慢地帮助乐园恢复了生机。神灵们也努力让这里的万物重新生长：植物、鱼群、珊瑚……当然还有那些立下汗马功劳的珍贵的土豆。

只要这些两脚生物能让这里的万物和它们的神灵和睦相处，这个美丽的乐园就是他们永远的家。

从前，有一片稀树草原

想象有一个巨大的开放空间，那里环境宁静，色彩柔和。这一片曾经广阔的森林，时间已将它变成了一片绵延不绝的绿地——一片稀树草原。起初，草原非常安静，唯一的声音是风吹小草的摇曳声。不过，你若仔细地倾听，可能会听到一只大猫低沉的脚步声，一只"身穿皮衣"的动物进餐时发出的轻柔咀嚼声，一条蛇从草丛中偷偷滑过的声音，甚至，那雨滴落下时的韵律声，那水流汇入池塘的淙淙声。

一阵及时雨将大草原和充满活力的广阔天空连接在了一起。夜晚的天空遍布繁星，白昼沐浴在阳光里。在这里，有两个共享天空的老朋友——雷和闪电。接下来讲述的就是他们的故事。

人与人之间相处，难免会经历各种各样的紧张、不和或争斗——友谊有时候意味着双方必须经得住"暴风雨"的考验。雷和闪电之间的关系也是如此。

雷柔软且随性，蓬蓬一团的他很喜欢模仿大草原上的各种事物——遮阳树、长颈鹿、驼背野兽和长刺的爬行动物……他可以自由地变化出各种形状，因为这些形状的本体是一汪水团，被安妥地保护在一个贴近他心脏的泡泡里。

雷有一种独特的能力，他可以以雨水的形态，释放出体内的那汪水团。他时常低头巡视下方的这片草原，如果发现哪里干燥或缺少动植物，他就会迅速降下自己裹藏的水来分享给大家。有时，分享过后还会留下一道彩虹。

雷温顺又听话，即使在感到不确定或者不是真心同意的时候，也总是说着"好的"或者"没问题"。他不那么自信，也不那么清楚自己想要什么。这一点和他的同伴闪电正好相反。闪电总是清楚地知道自己的心意，于是雷自然而然地成了闪电的小跟班，对他言听计从。

闪电自信又强势的性格，让他总是第一个出现，第一个发声。他的语调清脆尖锐，说话几乎毫无顾虑。他的每一个反应都是那么直爽又强烈：如果他很激动——"砰！"——他会喷射出火花；如果他被激怒了，他会发狂——"噼啪！"——即使这会伤害雷的感情。

由于闪电始终伴随在身旁，雷对降雨的控制不再那么随心所欲。闪电会对雷发号施令，告诉他什么时候降雨，什么时候不降雨。比如，闪电会下令："雷，马上把水倒下去！"

接着，这片草原上就会上演一场精彩的阵雨闪光秀。即使雷觉得自己被摆布来摆布去，他也会屈服，任由雨点落下，谁让他在气势上比不上闪电呢。

偶尔，闪电也会用其他的方式来达到目的。

"看啊！"他指着一个地方，"那些生物在那个偏僻的地方种东西呢，你应该在那里下点雨呀！"

雷看着那些劳作的生物，心想：在那里种东西能持久吗？我通常不会在那里提供雨水呀，在那里水一下子就流失了。雷更喜欢以规律的频率在特定的地点降雨，而不喜欢被命令。但闪电的气场太强大，雷很难拒绝。

所以，唉，雷会说"好的"，即使他觉得一点儿也不好。

闪电甚至会为了自己的虚荣心强迫雷。

"那个湖太浅啦，我想要我喷射出的火花更明亮一点儿。你是不是该把湖水灌满呀？"

听起来像询问，但其实不是。

"好的。"雷让步。

雷有时候会喃喃抱怨，但这并没有让他感觉好受一点儿。久而久之，雷只剩下一种感觉，就是悲伤。有一天，雷觉得自己脆弱到了一种难以承受的极限，于是他紧紧地抱住自己体内那团神圣的水，漂流到了天边的一个角落里。

雷的消失惊动了底下的大草原。居住在那里的人类、动物和植物，都聚集在一起仰望天空，寻找雷的踪迹。降水的缺失使很多人搬到了靠近湖泊、河流和树木的地方。人们把水或收集在容器里，或用树叶盛着。动物们因为干渴而疲累，它们不再狩猎，也不再玩耍，只能静静地养精蓄锐。

湿地消失了，土壤裂开了，徒留一道道干涸的裂纹。很快，动物的种群变得越来越小。那些用来遮阴庇护和食用的植物，不再是绿油油一片，而是变得脆弱又稀疏。当新的嫩芽不再随着新的季节萌发，改变已经迫在眉睫了！

看不到下雨的希望，人们纷纷走出他们居住的地方，离开了，只留下了空空如也的洞穴和容器。他们神情沮丧、步履蹒跚地一步步走向一个新的、未知的家。雷躲在天边藏身的角落里看着这幅景象，一股巨大的悲伤和失望涌上心头。

闪电也看到了这变化。他和雷已经有一段时间没有说话了，但他知道是时候和雷谈一谈了。

夜幕降临，闪电试图通过表演的方式来引

起雷的注意。他用电与光点亮了整片天空——长长的白色箭矢把黑夜照得像白昼一样明亮，那光芒甚至盖过了天空中最亮的星星。

闪电的表演没有缓解雷的悲伤情绪，反而让雷产生了一种新感觉——愤怒——不仅是对闪电的愤怒，还有对自己的愤怒：闪电如此咄咄逼人，自己却始终不曾反抗过。不过，当眼睁睁地看着最后一只动物从视线中消失时，雷又放下了那些不愉快，准备与过去的一切和解。他满怀希望，但愿现在采取行动还不会太迟。

就在此时，发生了一件可怕的事情。闪电的闪光秀造成了严重的后果。有一支白色"箭矢"击中了大草原，高大的干草堆霎时冒出了火花。随着干草的摇动，烟像一片幕布似的很快覆盖了整片草原。快速蹿升的火焰从烟幕下方燃起来，从上往下看，就像一个有一百万只橙红色眼睛的幽灵瞪着天空。闪电惊恐地俯瞰着他创造出来的怪物。

雷从躲藏的角落里朝那片长着橙红色眼睛的烟幕冲了过去。闪电瞪大了眼睛，他第一次发现雷的力量和威力与自己的不相上下。那个总是说"好的"和"没问题"的雷变了！

闪电看见雷控制自如，在危险面前毫无惧色。闪电谦卑地向雷点头表示敬意，并让出了自己的位置。

雷登上天空的舞台，以一声惊天动地的轰鸣净化了空气，薄雾、暴雨、密雨和细雨像一条又长又宽的飘带，从大草原的这一边飘落到另一边。

雨水溢满了池塘、湖泊和各种容器，也漫过了那些准备撤退的脚，让他们转过身来，看到恢复了生机的草原。雨水重新改写了这片土地，让它再一次看起来像一个家。

看到大家陆续回归，雷从自己的声音中找到了力量。他知道，自己和闪电之

间的相处方式需要有所转变。在淅淅沥沥的细雨中,雷向闪电发出请求:双方每天都要倾听彼此的声音。闪电明白过去的自己伤害了雷,从那场危机中,他看见这位朋友和自己一样拥有无比强大的力量,这力量维持着大草原的平衡。闪电无比庆幸这位朋友还在身边,于是立刻承诺自己会做出改变。

只要雨水还会降下,青草还在茁壮成长,动物们还把大草原当成自己的家,我们就可以确信,这两位朋友还在信守着当初的承诺。若有一天土地变得干裂,天空变得昏暗,我们就必须回首我们与朋友之间的约定,问问自己:是否给那两位天空中的朋友树立了良好的榜样?是否尊重了自己的内心,善用了诚挚的话语,并坚守着友谊的初心呢?

从前，有一座岛屿

在你的脑海里想象这样一个地方：那里有蜿蜒的沙滩和平静的海水，还有一座广阔的岛屿，岛屿上长久以来矗立着高塔般的椰子树。岁岁年年，这座岛屿经受了雨水的浸透、海浪的侵蚀，以及狂风的考验。也许总有一天，这座岛屿会屈服于大海——因此，"生存"一直是这里经久不衰的话题，接下来这个故事记录的就是这样一场关于"生存"的对话。

从前，岛上有两棵椰子树，一高一矮，在碧绿的海面上伸展着。一个炎热又刮着大风的日子，远处厚厚的乌云在翻滚，就连那棵大椰子树，看起来也变得很小很小。

"我猜啊，这场快要来临的暴风雨，将会是我经历的最后一场了。"那棵名叫哈桑的大椰子树叹息道。

另一棵名叫西莎的小椰子树惊恐地问："最后一场？！"

哈桑解释说："随着日子一天天过去，我们这些椰子树越来越不受待见了。"

"为什么呢？"西莎天真地问。她还那么年轻，她的叶子鲜亮，还没长出那些经历过岁月洗礼的花朵。

"曾经，我们是这里的一切，"哈桑说着，把自己的叶子耷拉向海面，"小西莎，你看看四周，现在我们已经沦为背景了。"

西莎看到岛上的一些游客——这些人乘船或飞机来到这里，住在高高的房子里，他们沿着周围的沙滩嬉戏，对椰子树毫不在意。

哈桑悲叹道："现在，我们已经沦落到'只是用来挂吊床的'了。"

乌云中发出阵阵轰鸣的雷声，完美映衬出哈桑此刻的心情。

"我的末日快到了。"这棵大椰子树一边沉思着，一边砰的一声让一颗熟透的椰子掉了下来。

西莎为她的长辈揪心，哈桑曾经引导和保护过她，他的一部分根甚至和自己的缠绕

在一起。为了让他安心,她深深钻进泥土里去寻找他的根。但是,当西莎拽住哈桑的根时,她发现那些根不再牢靠——哈桑正在松开它们,试图漂离这座岛屿。西莎能感觉到他很脆弱。

哈桑越来越垂向海面。这时,一只苍鹭在微咸的空气中疾速飞过,急于赶在坏天气到来之前躲好。看到这只鸟,西莎想到了一个主意。

"这位鸟儿朋友!"她朝苍鹭喊道。

"你好,小椰子树。"苍鹭回答。

"过来陪我坐一会儿吧,我需要你的帮助!"西莎邀请道。

苍鹭停在了西莎的叶子上。

"你看到我旁边那位强壮的长辈了吗?他失去了目标。"她解释说,"你能帮帮我吗?我还年轻,还在学习,但你已见过世面,经历过许多事。"

苍鹭点了点头,接受了这个请求。

"椰子树叔叔!"苍鹭转向那棵大椰子

‣ 50 ‣

树,"这个岛之所以存在,就是因为有你啊。我来了又去,你却坚定不移地留在这里。我会证明你的重要性的,请跟着我走吧。"苍鹭说着,飞上了天空。

西莎把哈桑从忧虑中拖了出来。

"哈桑,你看到那只苍鹭了吗?"她向无精打采的哈桑喊道,"他要带我们去一趟远方。"

首先,苍鹭飞到一个摆满了摊位的市场。在那里,岛上的居民在酷热的太阳下忙碌了一天,正在小憩。他们剖开成熟的椰子解渴——椰子壳被打开,里面冒出甘汁。椰肉被挖出来填饱人们的肚子。这是他们辛劳一天后最好的慰藉。

"看到了吗?"苍鹭朝哈桑喊道,"这些椰子都是从你身上掉下来的!"

"快看啊!"看呆了的西莎朝哈桑摇了摇她刚长出来的新枝,"你的椰子对他们很重要啊!"

哈桑瞄了她一眼,又转头看向海面——随着暴风雨的逼近,浪更大了。

那只苍鹭在树林间呼啸而过,俯冲到一只小船附近。西莎俯身到海面上,好看得更清楚一些。她发现小船是用与她和哈桑一样的椰子树建造的,船身雕刻着航海的景象。西莎对着哈桑露出灿烂的笑容,他迁就了她的好心情,点了点头。

苍鹭一路跟着这只小船,直到它靠岸。

水手们先是把一捆捆东西搬到岸上,继而大步走到海滩上一处掉落了许多椰子叶的地方,收集那些叶子,用它们搭成一个避难所。当暴风雨的第一滴雨落下时,水手们聚集到了避难所下面。

水手们在角落的沙地上挖了一个坑,把砍来的木头和干树叶层层叠放进里面,然后将从海里捕捞来的东西也放了进去,点燃的坑很快让大家都暖和起来了。更多的岛民加入了进来,他们用椰子叶编成了大篮子,里面装着剖开的椰子、香草、鱼和其他植物。

"哇,你看到了吗?"西莎惊奇地问。

"看起来确实很有节日气氛。"哈桑不得不承认。

绵绵细雨变成了倾盆大雨,在避难所里聚集的岛民们却毫发未湿。他们把带来的食物放在火上炙烤,空气中很快就充满了香甜可口的、烟熏的气味。一群孩子跑到火边,挤在一块儿,咬下第一口香嫩的烤鱼。苍鹭知道这么多的食物不会被吃光,于是就守在那里,等待一个可以抢食的机会。

大家吃得欢天喜地,暴风雨却仍然笼罩着小岛。当暴风雨达到最盛时,哈桑似乎又回到了最初低沉的状态。

苍鹭发出尖锐的叫声试图引起他的注意。

哈桑仔细观察着眼前的情景——岛民们并没有撤退,相反,他们在椰子叶搭成的避难所里继续着他们的盛宴。有某种细微的感觉向哈桑袭来,他悄悄地抓住了它。

雷声一响,孩子们吓坏了。有岛民拿出一支小笛子和一个玩偶,一边吹着小笛子,一边拿着玩偶跳舞。孩子们笑了,就连苍鹭也跟着跳起舞来。

夜幕降临,暴风雨逐渐平息。轻柔的、滴滴答答的雨声成了背景音乐,星星在夜空中一颗一颗亮起,一种新的情绪笼罩着岛民们。

孩子们睡着了,火也熄灭了,只剩下玫瑰色的余烬。岛民们紧密地围成一圈,以其中一人为中心——那是他们的一位长辈。

人们把椰子油倒进贝壳里,点燃,贝壳变成一盏盏照明的灯,就像沙滩上的星星。那位长辈拿起一把椰子叶扫帚把众人面前的沙地扫平,然后拿起一个贝壳,开始在潮湿的沙地上画一个故事。

所有人的目光都集中在了这位睿智的讲述者身上,哈桑也不自觉地入迷了。

这个故事讲述了一棵伟大的椰子树,他为这个小岛提供了一切所需,让小岛成了一个家。老人画了一棵参天大椰子树,他一边画，一边指着哈桑——他的故事的灵感与原型。

西莎也把目光投向了哈桑。他的沉默已经从最初的沮丧悲观转变成了一种更柔和、更温暖的东西。西莎能够感觉到他的根在她身边伸展——他打了一个大大的呵欠，愉快地准备休息了。

故事讲完后，岛民们纷纷离开了椰子叶搭的避难所，那位长辈是最后一个离开的。他熄灭了灯，把贝壳里的椰子油倒进头发里缓慢地梳着。西莎和哈桑看着那椰子油让他的头发闪闪发亮，甚至亮到能够反射月光。接着，老人把剩下的椰子油抹在皮肤上，揉进肌肤里，他像大树一样高高伸展四肢，甚至在他们的眼前长高了整整两厘米！他大张的双臂，像椰子叶一样宽阔，四肢的动作优雅自在。他一路往前走时，哈桑、西莎和那只苍鹭发现，他的脚步里有一股少年身上独有的活力。

西莎转向哈桑，正准备告诉他自己的观察和想法。不料，哈桑竟抢先一步说话了。

"我现在终于明白了，小西莎。我们椰子树不仅仅有果实和花朵，我们也不仅仅是材料和零件……我们是那些以我们的岛为家的人的支柱。只要他们还在，我们就必须留在这里。"

西莎在他高大的背影下弯下腰点了点头，苍鹭栖息在她的枝头。

哈桑说："小西莎啊，他们的故事就是我们的故事。这故事属于我们所有人。"

从前，有一座暗礁

好几千年以前，有一座从大陆延伸到温暖海洋中的巨大半岛，岛上住着一对兄弟。他们不是我们一般所认知的那种血浓于水的兄弟，而是一只海鸥和一头鲸鱼。即便如此，他们仍视彼此为最重要的家人。在广阔的海洋中，他们因为偶然的相遇而紧密地联系在一起。

那头鲸鱼虽然还很年轻，却已经旅行了很长时间，来练习他天生的"导航"技能。在高空中，海鸥也已经翱翔了很远，将那五颜六色的水面当作他飞行路线的指路牌。海鸥一边飞，一边放声歌唱："气流，天蓝色，海沫，浅蓝色，水蓝色，松石绿，青绿。"

出事的那一天，海面附近升起来的浓烟让本来晴朗的天空染上了浓重的雾霾。海鸥的视线瞬间变得模糊不清，他再也看不见那用来导航的、五颜六色的海水了。海鸥不知所措，只能无助地在空中盘旋，恐惧感很快就降临到了这只迷路的海鸟身上。

水下深处，在远离浓烟和隆隆咆哮声的地方，小鲸鱼优哉游哉地游着。当他浮出水面准备换气时，听见头顶上方传来阵阵乱七八糟的声音——翅膀的扑扇声和可怕的尖叫声。当然，这声音来自迷路的海鸥。鲸鱼喷出一股水花，对那只困惑的海鸟喊道："喂，上面的那个！你迷路了吗？"

"是呀！完全分不清方向啦！"惊慌失措的海鸥回答。

"别担心！"鲸鱼自信满满地说，"让我这个敏锐的航海家来给你带路吧！"

海鸥非常担心："可是我什么都看不见呀！"

鲸鱼安慰着天空中的陌生朋友："你注意听！你会听见我的呼吸声的。"

果然，全神贯注的海鸥在鲸鱼的呼吸节奏里逐渐镇定了下来。

"跟着我走！"鲸鱼喊道。

海鸥跟着那稳定的呼吸节奏往前飞，这节奏成了来自大海的指引信号。海鸥跟着鲸鱼

一路飞到了干净明朗的天空里——终于到了安全的地方。海鸥欣喜若狂，心中充满感激，发誓总有一天要报答鲸鱼的恩情。

"我不需要你的报答啊。"鲸鱼回答。

"好吧，那请让我做你永远的朋友吧！"海鸥回应。

从那天开始，鲸鱼和海鸥便开始了一段一见如故并历久弥新的友谊。

他们花了好几天的时间，设计出一种属于他们自己的游戏——海鸥俯冲轻轻掠过水面，而鲸鱼则会时不时跃出水面，喷着水花，追逐他的同伴。虽然鲸鱼每年都会离开这片温暖的水域去到更冷的地方，但是最终他都会回来，回到他第一次遇见海鸥的地方。随着时间的推移，他们开始称呼对方为"兄弟"。

半岛和周围的水域是他们共同的避风港。兄弟俩在水中奇妙的珊瑚群和漫游的生物间穿行。水中有那么多的东西可以让这对兄弟去探索——各种颜色和形状的鱼、海星和甲壳类动物。随着他们年龄的增长，珊瑚群也变得越来越大，像一个光环一般包围着整座半岛。

鲸鱼和海鸥都很喜欢这座自带"光环"的半岛，并在这里度过了他们大部分的时间。他们的友谊也鼓舞了其他生物以此为家，随着时间的流逝，这个小小的"光环"变成了连绵不绝的珊瑚礁，无数大大小小的生物世代在这里繁衍，这里成了他们可靠的家园。

鲸鱼和海鸥成了这座半岛的"吉祥物"。作为这里的非正式领导者，他们一刻不停地在水上水下游蹿，帮助那些迷路的小伙伴找到归路。海鸥一边领着迷路的鸟儿在水上前进，一边吟唱着："气流，天蓝色，海沫，浅蓝色，水蓝色，松石绿，青绿。"

有一年，冬天快结束的时候，奇怪的事情发生了。自海鸥和鲸鱼相遇以来一直处于休眠状态的海底喷口开始膨胀，并发出噼啪作响的声音。起初，喷出的只是几小股蒸汽，但是很快，喷发变得越来越频繁，有时甚至整个海面和半岛都会随之震动。

这一天，鲸鱼正栖息在越来越汹涌的海浪中，海底深处突然喷涌出一股股热流。他急忙去安抚那些紧张的珊瑚礁居民。

与此同时，海鸥正盘旋在水面上方搜集信息。他从上方看到了一些令人惊讶的变化——温暖的海水使珊瑚礁发生了某种神秘的改变，它们变成了幽灵般的灰白色，一些野生动物已经因此而消亡了。

海鸥骑在鲸鱼的背上，兄弟俩沿着半岛往前游时，鲸鱼说："快看，水的颜色变了。"

"是的，" 海鸥同意，"从天上看，所有的颜色都不一样了。"

"你注意到动物们都离开了吗？"鲸鱼问。

"注意到啦！"海鸥焦急地说，"兄弟，明年冬天你还会回来吗？"

鲸鱼回答说："噢，我会回来的，别担心。"

但是，此时此刻，兄弟俩都感觉到了一种不确定性。

又过了几个星期，冬天快结束了，到了鲸鱼该离开的时候了。此时，珊瑚礁已是每况愈下，鲸鱼却不愿意离开。

"如果我留下来呢？"鲸鱼提议说，"也许我还可以说服其他伙伴回来，让珊瑚礁恢复从前的生机。"

海鸥从空中俯视，看到珊瑚礁几乎全都变白了，其中也没有任何动静。

"我不知道……可能已经太迟了。"海鸥痛苦地说。

"还是值得试一试的！"鲸鱼接受了挑战。他迅速潜入水中，海鸥目不转睛地看着他一头冲向暗礁。

突然，"轰"的一声，在半岛与大陆相连的地方出现了一条巨大的裂缝，炽热的岩石从裂口中飞了出来。一缕缕的黑烟跟着这些岩石炮弹一起飘散出来。海鸥意识到，不久之后空气中就会浓烟弥漫，于是他飞快地掠过半岛的边缘，飞向那消失的暗礁的尽头。

海鸥非常担心水下的鲸鱼，他俯冲而下，在海面上寻找着。在他背后，大地崩裂，咆哮轰鸣。炽热的岩浆从地势较高的地方喷涌而出，漫向海边。滚烫的岩浆遇到冰凉的海水，发出刺啦的声响。大股蒸汽随之腾起，岩浆一瞬间凝固成了球状的岩石。

海鸥飞到一个安全的高度往下看。在半岛和暗礁之间的一条黑暗通道上，海鸥发现他的兄弟被困在一堵墙一样的黑色岩石中。鲸鱼不断浮上来喘息，但可怜的他几乎已经没有活动的空间了。海鸥又回想起他们相遇的那一天——那时的鲸鱼多么令人安心啊，正是鲸鱼把他带领到了安全的地方。

海鸥一边朝海面俯冲，一边对鲸鱼喊道："兄弟，我看到你了！"

海鸥起初不知道应该怎么办，直到他发现一些被震动的大地掀翻的树木。他朝那些树飞过去，用喙衔住一些树枝，用尽全力把树一棵一棵地拖到半岛与大陆相接的地方。

每拖动一棵树，都会撕裂下方的泥土，同时划伤海鸥的喙。但是，海鸥依旧不停地拖拽，直到树下的土地完全崩裂，变得松松软软的。鲸鱼越来越频繁地浮出水面换气，海鸥焦急地注视着他喷出来的水花。

当大地发出最后一次猛烈的震颤，海鸥将最后一棵树拖过地面……半岛和珊瑚礁就在惊天动地的撕裂中与大陆分开了。

在鲸鱼被困住的地方,裂开了一道大口子。鲸鱼急忙高高地跃到空中,越过那道黑色的岩石墙,重重地落回水里。海鸥从鲸鱼的头顶飞过。在他们背后,他们的家,他们的避风港,被浓浓的烟雾和火山灰覆盖住了。

兄弟俩从一段安全的距离外回头看他们曾经的家。

"珊瑚礁会恢复成以前的样子吗?"鲸鱼哀叹道,"我们还能在那里安家吗?"

海鸥却保持着乐观的态度:"我们跟着这些颜色走吧,它们会带领我们去到一个充满活力的新家。"

鲸鱼好奇地问:"什么颜色呀?"

海鸥在前面飞,说:"跟我来。"

"气流,天蓝色,海沫,浅蓝色,水蓝色,松石绿,青绿。"海鸥吟诵着,"当珊瑚礁恢复后,我们将会跟随着这些颜色回家。"

兄弟俩一起前行,大海是连接他们的纽带。他们坚信,终有一天,珊瑚礁会再次成为一个壮丽、威风、多彩多姿的地方——一个他们可以称之为家的地方。

从前，有一条云杉针叶路

云杉，云杉，云杉，云杉——这就是阿杉所需要的。她的家族，她的住所，她的未来，都需要云杉——盖房子用的、做饭用的、取暖用的、遮阳用的，甚至从云杉树上掉下来的甲虫，都是阿杉的完美零食。

阿杉的肚子咕噜咕噜响个不停，她揉了揉毛茸茸的肚子。她必须继续前进，可不能停下来吃零食。

阿杉是一只独一无二的生物：她和最高的熊一样高，身上的毛却没有熊的那么浓密；她的脑袋又大又圆，像个甜瓜，但脸很柔软，常带着微笑；她的腿很短，但胳膊很长；她的手和脚的大小，就跟胖胖的、毛茸茸的浣熊的一样。

虽然阿杉的外表看起来怪模怪样，但她坚定又有爱心，在寻找云杉的过程中正需要这两种优秀的品格。阿杉和她的亲族，做任何事情都需要云杉：在困难时期，他们需要用云杉来制药；当好时光来临，他们又需要借助云杉来把自己打扮得漂漂亮亮的；值得一提的是，他们更需要用云杉来刷他们巨大的牙齿！

放眼望去，在看不到一棵云杉的情况下，阿杉不得不继续向前寻找。阿杉先是听到自己厚实的大脚丫下发出的嘎吱、嘎吱声，紧接着又听到砰、砰的响声——这意味着她所踩的云杉针叶下面是坚实又稳固的地面。对阿杉和她的亲族来说，这种嘎吱的声音已经越来越难听见了。

你瞧，阿杉的家园建在几万年前他们祖先指定的地方。祖先是经由一座狭长的桥来到这片土地的。那座桥横跨覆盖着无尽白冰的冰冷水域，桥两头连接着两块巨大的陆地。然而，这曾经坚固又结实的家园，如今因为浸了水而变得非常脆弱。

这种变化并非发生于一朝一夕，而是历经了一段相当漫长的时间。一开始是接连不断的大雨，然后是逐步侵入的沼泽。年复一年，洪水来得越来越早，持续的时间也更长，蘑菇出现在以前从未出现过的地方。潮湿的气候使阿杉的家园泡在了水里。

过了一段时间，阿杉和她的亲族在走动时，发现每走一步，脚下都会发出水渍的声音。镇上曾经茂密的云杉林慢慢地陷进了泥泞中，就连他们新种下的云杉小苗也很快就被水冲走了。

有一天，阿杉去关闭仓库时——那里存放着最后一批宝贵的云杉苗——她发现门陷在泥里，一动也不能动，而且门上已经长满了蘑菇。在那一刻，阿杉终于不得不承认他们必须要搬家了。

这是一项重大的任务，祖先们曾经做到了，现在轮到他们了。

这项任务伴随着很大的风险：当年阿杉的祖先越过那座桥时，桥的这一边已经有其他的住民了。他们试着不去干扰当地原住民的生活，但是他们巨大的体形、奇特的长相和那一身的茸毛，却还是让原住民惊慌失措——他们误以为阿杉一族是野兽，于是纷纷逃跑了。

从那以后，阿杉和她的亲族一直小心翼翼地生活，与世隔绝。现在，他们寻找新家的过程也必须保密。因为害怕被别人发现，阿杉经常需要躲在树林里，一动也不敢动。

阿杉一路走着，聆听着，躲躲藏藏，终于到达了一个地势更高的地方。当她踩在这片土地上时，她再一次听到了脚下云杉针叶传来的令人安心的嘎吱声。她跳起来又砰一声落下，感受脚下那坚实的、稳固的地面。

阿杉站在一个陡峭的山坡上，她看见他们远处的旧家园在泥沼中逐渐沉没。他们必须搬到这里来——阿杉确信。她现在要做的就是让她的亲族也看到这个事实。为了证明这个新家园可以住，阿杉张开双臂抱起满怀的云杉针叶，然后开始了漫长的、下山回家的旅程。

阿杉下山的脚步缓慢而果断，云杉针叶轻轻地从她的臂弯里飘落下来。阿杉一步一步走得小心翼翼，但是，她还是被绊倒了，怀抱里的云杉针叶一下子抛撒了一地。

又走了一阵子，周围的环境变了，阿杉要担心的不再是跌跌撞撞，而是滑倒了——那些看起来很安全的巨石因为低地的湿气而变得异常光滑。阿杉竭尽全力抱紧那些怀中仅剩的云杉针叶，一根根长长的针叶缠进了她的被毛里，细小的尖刺刺进了她的皮肤。

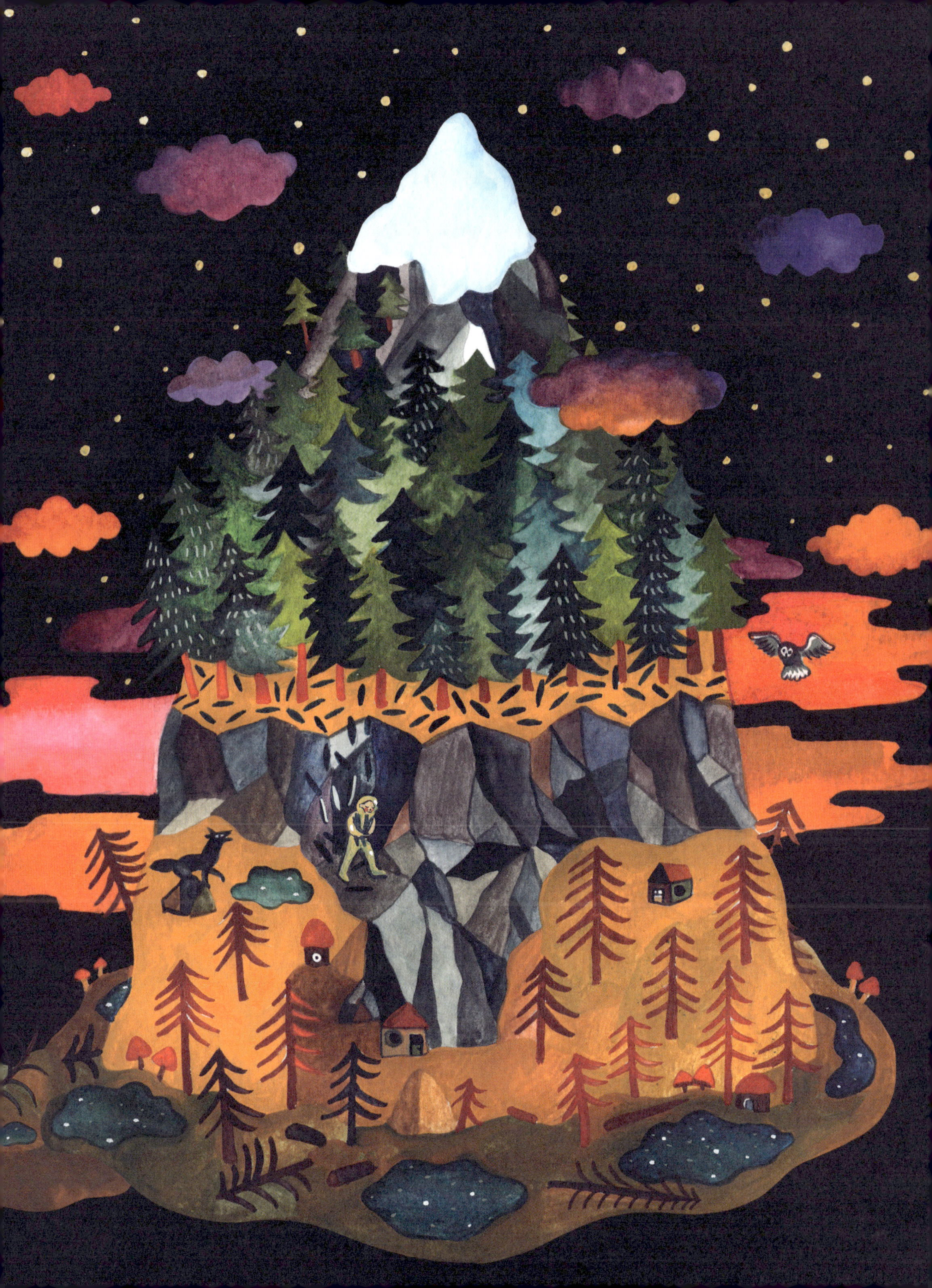

这一天快要结束时,阿杉的旅程差不多走完了一半。她弯下腰,低着身子,继续着这隐秘而庄重的行动。夜间活动的动物很快就会出现,阿杉需要尽量隐藏行迹,不被它们看见。

阿杉加快了脚步,却没想到一不小心滑入了一个大裂口。她赶紧伸出手臂支撑住自己,怀抱中的云杉针叶像纸花一样撒到了半空中。独自一人跌落在黑暗里,她满身是泥,浑身酸痛。她的努力完全落空了——那些抱了满怀的云杉针叶,在跌跌撞撞的下山过程中不幸都掉光了。当阿杉到达旅程的终点时,她身上只剩下零星几根云杉针叶可以见证她一路的努力。

阿杉用她巨大的手挖起一大捧泥土,将最后的几根针叶当珍宝一般捧在掌中,缓慢地走回了自己的家园。阿杉向她的亲族发出邀请,不一会儿,周围泥地里就传来上百声嗵嗵的脚步声,那声音听起来像是一阵阵笨拙的掌声。

阿杉小心翼翼地伸出双手。亲族聚到阿杉身边,仔细地察看。

有人一边掸去可怜的阿杉身上的泥土,一边叹了口气说:"只有泥巴呀。"

"这样下去我们会灭绝的,就像被淹没的云杉树林一样。"有人低声说。

"完蛋啦!完蛋啦!"另一个人咕哝着,拿出一条编织毯给阿杉取暖。

"我们已经失去了一切的来源!"有人担心地大声说。

"怎么办,我们整个族群都危在旦夕了!"有人抓住阿杉的手含泪说道。就在这时,阿杉手里的泥土掉了下来,露出了里面为数不多的、完好无损的云杉针叶。

那个刚刚还握着阿杉的手的族人,转瞬间把它们捡了起来,举得高高的。所有人都沉默了。

"这些,是云杉针叶吗?"一个细小的声音打破了寂静。

阿杉点了点头,指了指她跋涉而来的上方高地。

"我们可以重新安家,"阿杉解释说,"但是我们必须所有人一起行动,完成这一次迁徙。"

亲族听到这话松了一口气,却依旧有些踌躇。

阿杉继续说:"道路很陡峭,但是我已经走出了一条路。"

果然,如果仔细观察的话,可以看到一条由云杉针叶铺成的小道,从高处干燥的地面一直延伸到底下这片潮湿的低地。那是阿杉曾经走过的路。

这下可没有时间花在欢呼上了!所有聚集在这里的人,都飞快地跑过泥地,去整理行囊——用具、食物、药品、编织物、树叶、种子和容器。他们将所有东西或扛在肩上,或背在背上,或夹在胳膊底下,还有的甚至顶在了头顶上。

黎明时分,阿杉的族群已经为他们此次的大迁徙做好了准备。他们排成一列,沿着阿杉曾经走过的路线前进。他们隐藏着自己的行迹,想要赶在天光大亮、所有的生物忙碌起来之前迁妥。

当阿杉看到第一批亲族到达上方干燥的高地以后,她在原来的土地上留下了最后的印记:为了感谢与告别,她从泥泞中拔起一棵枯死的云杉,把它倒立过来,让树根直伸向天空。一棵又一棵,这一地区所有的枯木都被她栽种。最后的最后,她对着这些云杉恭敬地鞠了躬,继而踏上了那条由云杉针叶铺成的路,开始迈向新的生活。

在接下来的几年里,那条由云杉针叶铺成的路消失了,取而代之的是一片巨大的新森林。这片森林里住着阿杉和她的亲族,他们健壮而充满活力。

至于下方的土地,被水淹没后变成了一片郁郁葱葱的湿地。那些倒立的树木上长满了厚厚的苔藓和地衣。蕨类植物和蘑菇覆盖了这片土地,所有经过的人都确信,曾经有神奇的生物把这里称为"家园"。

从前，有一片冻原

在我们的星球的顶端，坐落着一顶华丽的"皇冠"。它的周边是一望无际的冻原，富丽堂皇的拱门是由长满苔藓的岩石砌成的。冻原上点缀着芬芳的小草和其他盛开的野生植物，它们在寒冷与温暖之间的地带悄悄生长。

这顶"皇冠"的顶部，曾经是一支英雄救援队的家园。这支救援队包括一只名叫向日葵的驯鹿、一只名叫极光的北极熊、一只名叫柳树的猫头鹰，以及一只名叫泥炭的狐狸。接下来要讲述的便是他们的故事。

这四只动物——向日葵、极光、柳树和泥炭，从来没有想到会彼此相遇。驯鹿向日葵在草原上吃草，享受着一大群家人的陪伴。北极熊极光在雪坡上滑雪，在黑暗的水中翻起水花。猫头鹰柳树在高空中悄悄地度过白昼——作为一个敏锐的观察者。相比之下，狐狸泥炭只能在鹿群的大长腿间溜达，在雪地里潜伏，过着捉迷藏般的生活，小心翼翼地避免被发现。

在一个风和日丽的日子里，一阵隆隆声响彻了冻原。那震响不仅摇动了灌木丛中的浆果、树木上的叶子，还迫使花粉飞起来，形成了一朵灰绿色的云。隆隆声吵醒了穴居的邻居们——有翅膀的飞了起来，在水中的则潜入到更深的地方去了。原来，这声音来自一群狂奔飞驰的驯鹿。我们提到的救援队中的第一位——向日葵，就在他们之中。

"向日葵"这个名字来自她肩上一块巨大的旭日状的斑纹。她高高站立着，全身毛茸茸的，是个名副其实的梦想家。周围，整个鹿群都在你追我赶，精力充沛地在这片土地上驰骋，只有向日葵心不在焉地闲逛。当上千只兽蹄扬起的尘土散去时，向日葵还在独自徘徊。

在向日葵上方，猫头鹰柳树在天空中翱翔。她对草原和灌木的所有可行路线了如指掌——在她脑海中有一幅大地图，冻原上的每一株草、每一棵树都在那里留下了标记。柳树低头看见草原上的鹿群奔驰而过，却很纳闷为什么独有一只留了下来。紧接着，一股热气流把她抬得更高，在这个新的高度，她发现了鹿群匆忙离开的原因。

柳树看到一朵越来越大的云,像她自己的羽毛一样白。那云如同一堵墙,穿过时像粉笔灰似的塞满了她的鼻腔。柳树很聪明,她在冻原上飞行了许多年了,她知道那朵云意味着什么——火。

柳树明白,这片土地会时不时地"重启",并在进入沉睡后给自己盖上一层"火毯"。每当燃起大火时,感觉敏锐的动物们会迅速离开。从天上看,这恐怕是小驯鹿第一次接触到这种"重启"。忧心的柳树看见这只小驯鹿依旧在四处游荡,丝毫没有意识到越来越逼近的危险。柳树知道自己必须得在大火到来之前做点什么。

柳树用刺耳的口哨呼唤着下面那个独自做着白日梦的小家伙。向日葵听见了,马上竖起了她的小耳朵。

"是谁呀?"向日

葵问道。

"快抬头看呀！"柳树说。

向日葵抬头，看见一只猫头鹰朝她俯冲下来。

"你为什么不跟着你的鹿群走呢？"没等她回答，柳树催促道，"又有一场大火要席卷这个地区了！你必须快点儿往前跑啊！"

"一场大火？大火是什么呀？"向日葵天真地嗅着空气。

"大火拥有一种很强大的力量，它能消灭一切需要呼吸的生物！"

向日葵开始害怕了。

"大火不常来，"柳树解释说，"但是当它来的时候，所有的一切都必须给它让路！"

柳树飞到前面去张望，看到鹿群已经跑得不见踪影了。

"跟我来，我给你引路。"柳树在天空中像箭一样迅疾地往前飞去。

向日葵紧跟着她，穿过灌木和树林，直到抵达一片广阔的、布满巨石的地带。向日葵奔跑着，恐惧又茫然，一不小心，一头撞上了一排石头。她的膝盖撞得尤其严重，一阵剧痛袭来，她倒在地上，止不住地颤抖。她看到火焰正从一个方向蔓延过来，而另一个方向，也是浓烟滚滚。向日葵只能硬着头皮穿过前方充满挑战的崎岖地带。

"我们需要一名侦察员。"柳树说着，吹了一声长长的口哨。

岩石间传来一阵沙沙声，一只皮毛光滑的狐狸溜进了她们的视野。狐狸站在一块岩石上，就像一位明星一样。

"泥炭在此！"狐狸大声喊道，"让我看看，哪一位尊贵的客人需要我的服务？"

猫头鹰把小驯鹿引了过来。

"我的族群离开了，可是我那时候没有在意。"向日葵承认，"现在起了大火，我找不到一条安全离开的路了。"

"跟我来！"泥炭是岩石地形的专家，他敏捷地从一块岩石跳到另一块，领着向日葵爬上一道道斜坡，走过隐蔽的小路，穿过一条又一条地道。这只小驯鹿在某些地方不得不低下头，又在其他一些地方东撞一下西撞一下，身上被刮伤了无数次，但她坚持下来了。

在此期间，柳树一直在空中盘旋，监视着他们身后的大火。但是，在他们面前突然出现了一个新的麻烦——前方有一片水域，而在他们背后，新月状的火焰正来势汹汹。

他们三个在水边前后张望了半天，知道已经是进退维谷。

"看来我们必须游过去啦！"泥炭一边喊，一边满怀自信地跳进水里。

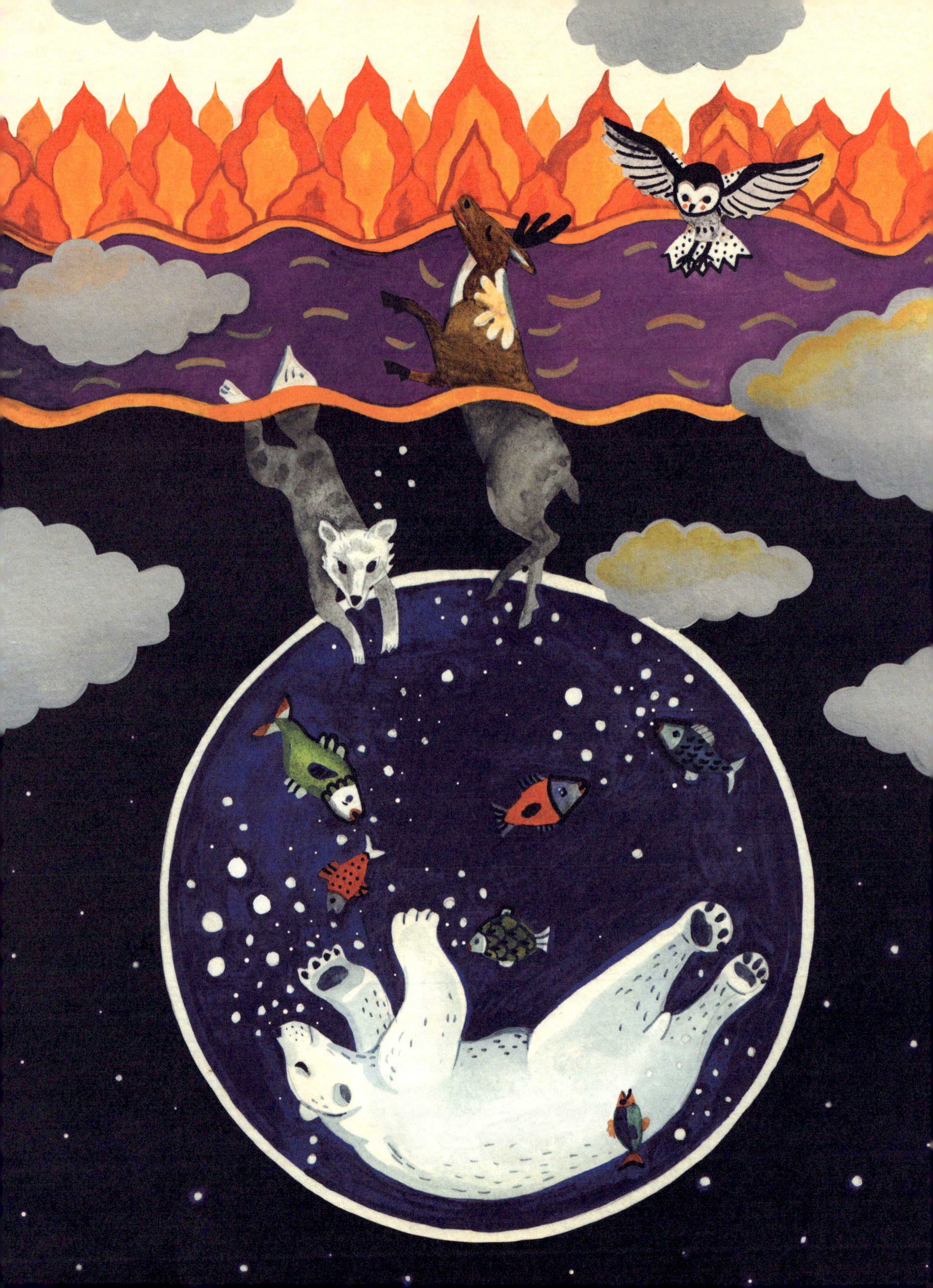

向日葵没有跟着泥炭跳下去——巨石和树枝划伤了她身上那天鹅绒般的被毛，攀爬使她的关节酸痛不堪，甚至，在穿过那些地道的时候，她的鹿角也受了伤。她缓慢地涉入水中，努力地用四肢划水，但划得很糟糕，每划一下就瑟缩一下，因为冰冷的海水刺痛了她身上的每一个伤口。

游到半途，向日葵身上的肌肉开始颤抖。她的四肢开始抽搐，不再听从她的指挥。紧接着，她的头也沉到了水里。她上气不接下气，想要往上冲，但是太难了——她开始渐渐沉入水里。

柳树对泥炭喊道："快，她需要更多的帮助！"

于是，泥炭朝向日葵游去，用毛茸茸的尾巴缠住她的肩膀。

"继续往前，向日葵！你一定能做到的！"他鼓励她说，"我们要坚信，火是烧不到对岸的！"

柳树飞在前面，回头喊道："我看到你的家人了！他们找到了一个安全的地方！"

向日葵挣扎着让自己的头浮出水面，但柳树和泥炭都看得出来，倘若没有帮手，这只年少的驯鹿肯定没办法再前进了。

柳树敦促说："泥炭，我们需要其他的帮手！召唤北极熊极光吧！"

泥炭愣住了：他和极光可是天敌！从小到大，泥炭都觉得极光很可怕，又残忍又凶猛。

柳树看得出泥炭在犹豫。

"泥炭，你必须放下过去的怨恨，快去把极光找来！"柳树用一声有力的尖叫补充道，"这是向日葵获救的唯一机会了！"

柳树的尖叫声在水面上回荡，引起了前方驯鹿群的注意。他们凝视着水域的另一边，惊恐地发现他们最年轻的一只小驯鹿竟落在如此可怕的境况里。

泥炭盯着那只可怜的驯鹿看了好一会儿，终于下定决心尽自己所能帮助她。他潜入水中，在很深很深的地方，看见了北极熊极光。极光正以优雅的姿势在水中划行，看起来并不冷酷，也不凶恶，更不残忍。她一边旋转，一边吹着泡泡，和鱼群玩得很开心。

为了引起极光的注意，泥炭飞快地绕着她游动。他指着他们上方向日葵载浮载沉的身影示意，极光很快就掌握了情况。当向日葵的头再一次垂落进水里时，极光游到向日葵的身下，像一只木筏一样托住了小驯鹿疲惫的身体。极光与泥炭合力，以强大的力量将向日葵托出水面，一起向聚集在对岸的驯鹿群游去。

　　终于，极光和泥炭驮着向日葵游到了对岸。他们全都疲惫不堪，气喘吁吁，浑身湿淋淋的。柳树盘旋一圈，宣布危机解除。极光翻身站起来，轻柔地擦干向日葵身上的水珠。泥炭看到这一幕，心里对极光的恐惧也像那水珠一样从脑海里抖落了。

　　大家都聚集在岸边，看着大火在水域的对面熊熊燃烧。他们四个默默地看着彼此，然后把头靠在一起，许下了一个承诺：他们要成立一支救援队，保护这一片冻土带上原住民的安全。无论何时，当这一片宝贵的土地需要"重启"时，这支救援队就会通过陆路、水路和空路，将那些需要帮助的动物们带到安全的地方去。

从前，有一处河岸

蚱蜢奶奶和蚱蜢孙女一起坐在高高的草叶上，草叶在她们的重压下弯成一道弧线。这棵草长在河边的田野里，这条河蜿蜒地流过两片冰冷的海洋之间的一个半岛。

"奶奶，我想，是时候该有一片属于我自己的草地了！"蚱蜢孙女说。

"别着急，小东西！"蚱蜢奶奶温柔地拒绝了她的请求。

"可是，每个人都有自己的一片草地，"小家伙抱怨道，"我什么时候才能有一片自己的草地呀？"

蚱蜢奶奶叹道："可惜啊，现在已经没有多余的草地可以给你啦！"

"可是，等春天一到，草也会长出来的，对吧，奶奶？"蚱蜢孙女争辩道。

"是的，可是泥地却越来越多啦。土地不停地退化，每年春天，草可以生长的地方越来越少了。"蚱蜢奶奶解释说。

"噢，这样啊。"蚱蜢孙女难过地说，不过，她接着又高兴起来，"我知道了！我们可以向大自然要一点额外的草地呀，我只要一点点就好啦！之后我不会再要求其他任何东西了！"

"难道你没听过我们的祖先和她的甲壳虫朋友的故事吗？"蚱蜢奶奶问道。

"没有啊。他们也有自己的草地吗？"蚱蜢孙女问道。

"没有。"蚱蜢奶奶解释说，"让我来告诉你，他们的故事。曾祖母和甲壳虫虽然没有什么共同之处，却

成了好朋友。曾祖母有着弯曲的腿,能够跳得很远,而小小的甲壳虫有着坚硬的外壳和一脸的泥土,他们是一对最好的朋友。"

"真的吗?"蚱蜢孙女大吃一惊,"他们竟然是朋友?"

"真的。他们甚至约定做什么都在一起,永远不离开对方。你可以想象,这样的愿景注定是会失败的啊。"蚱蜢奶奶笑着说。

"噢,不!这是一个可怕的故事吗?"蚱蜢孙女忧心忡忡地说。

"你听就是了。有一天,两人出发去冒险。很快地,他们遇到了一条小溪。曾祖母很轻松地跳了过去,可是甲壳虫只能蹚水,他爬到了很滑的岩石边缘,一下子没站稳被冲进了水里。"

蚱蜢孙女焦急地说:"啊,我真不喜欢这个故事的走向。"

"别担心,"蚱蜢奶奶接着说,"曾祖母可是个聪明又有义气的朋友。她让甲壳虫赶紧抓住点什么,别被水冲走,而同时她跳起来去寻求帮助。她遇到的第一个动物是一头野猪。她问野猪可不可以从背上拔下一根鬃毛,让她可以伸出去把甲壳虫从水里拉上来。"

"那,野猪帮她了吗?"蚱蜢孙女满心期待地问。

"野猪说他很乐意帮忙,但是要求用一颗橡子作为回报——他已经好多天没吃东西了,他自己也很需要帮助。"蚱蜢奶奶解释说。

"所以,曾祖母找到橡子了吗?"小蚱蜢赶紧追问。

"曾祖母急忙跑到橡树那里去要一颗橡子。她对橡树解释说,如果她能从这里获得一颗橡子给野猪,那么野猪就会给她一根鬃毛,有了这根鬃毛,她就可以救出她的朋友甲壳虫,让他免于溺水淹死。"蚱蜢奶奶继续说。

"啊,幸好幸好。"蚱蜢孙女松了口气说。

"别高兴得太早,"蚱蜢奶奶回答说,"橡树也有她自己的需求。她不能免费送出橡子。她解释说,她被偷橡子的鸟儿烦得要命,那些鸟儿缠着她拿走了好多橡子,所以她请曾祖母先把那些讨厌的鸟儿都吓跑了再说。"

"于是,曾祖母跑到鸟儿们面前说:'请不要打扰这棵橡树!我需要她给我一颗橡子,

这样我才能拿给野猪，让野猪给我一根鬃毛去救我溺水的朋友甲壳虫！'"

蚱蜢孙女紧张得喘不过气来，问："鸟儿们怎么说？"

"鸟儿们很有同情心，但是他们也有自己的困难——他们说，黄鼠狼在纠缠他们。如果曾祖母能让讨厌的黄鼠狼离开，他们就不会再这么缠着橡树。然后橡树就可以留下一颗橡子给她，让她带给野猪，让野猪给她一根鬃毛去拯救甲壳虫了。"

蚱蜢孙女叹了口气，说："我想黄鼠狼也有需求吧？"

"当然了，亲爱的，所有的生物都有需求。"蚱蜢奶奶微笑着说，"黄鼠狼需要几个鸡蛋，于是曾祖母就去找母鸡。但是母鸡需要玉米，于是曾祖母又跳上装玉米的袋子，但是她发现袋子被老鼠咬破啦！"

蚱蜢孙女赶紧问："曾祖母找到老鼠了吗？"

"当然啦，不过老鼠也有需求，他们需要猫别来找他们麻烦。但是猫又需要从奶牛那里得到鲜奶。"蚱蜢奶奶描述完这一整圈的需求，累得简直喘不过气来，"最后的最后——奶牛需要吃草和喝水来补充营养。最后这项请求，让曾祖母不得不回到那条小溪边。那只亲爱的甲壳虫朋友还在水中垂死挣扎呢！"

蚱蜢孙女急切地问："那小溪怎么说呢？"

"首先，曾祖母对溪水解释说：'噢，生命之水！请给我清润的溪水吧，我把溪水和青草给奶牛，奶牛就会给猫鲜奶，猫就不会再去抓老鼠，老鼠就会停止吃玉米，母鸡吃了玉米就会下蛋，我就可以把鸡蛋给黄鼠狼，黄鼠狼就会停止缠着鸟儿，鸟儿就可以离开橡树，然后橡树就会给我橡子，我就可以拿它跟野猪换一根鬃毛，用这根鬃毛去救我那溺水的朋友，他此刻正被困在你湍急的溪水中呢！'"

蚱蜢孙女接着问："那小溪有帮忙吗？"

"小溪听了以后，就放缓了流动的速度，将溪水赠予曾祖母，这样她就可以用溪水和湿润的青草从野猪身上得到鬃毛，然后赶去救她的朋友。"

蚱蜢孙女如释重负地叹了口气，说："太好啦，这样甲壳虫就安全啦！"

"事实上，并没有。"蚱蜢奶奶停下来，让她的孙女缓和了一下情绪，"等曾祖母终于赶到时，哪儿都找不到甲壳虫啦！"

"什么？！"蚱蜢孙女喊道。

"那条小溪传递了一个信息。她说：'地球上的万物都在一个生态圈里共存，我们对奇妙的大自然中的某一种生物提出任何一项要求时，不可能不对其他生物产生影响。'小溪说完以后，曾祖母看见小溪温柔地把甲壳虫救出水面，并把他安全地放在了岸边。"

蚱蜢孙女大大地松了一口气。

"万物存在于一个循环不止的共享链中，我们把它称为'互利互惠'。"蚱蜢奶奶解释说。

"我明白了，"蚱蜢孙女思考之后说，"因此，如果我想拥有一片自己的草地，我

就必须为这片草地上的一切做一点额外的事情。"

"是的,亲爱的,你终于明白了。"蚱蜢奶奶点了点头,"生态圈很大很大,我们每一个个体都必须做到我们分内的事情,一点儿都不能少。而且,我们还需要学会取之有度,用之有节。"

说完这些话,蚱蜢祖孙俩在她们停留的那片草叶上满足地摇晃着。空气中回荡着祖先们留下的箴言,旁边是小溪轻轻流淌的声音。